平安物語の動画的表現と役柄語

関一雄
SEKI, Kazuo

笠間書院

『平安物語の動画的表現と役柄語』目次

第二部　物語の表現と用語

序　土居光知の「原始的言語と物真似」と〔動画的表現〕〔役柄語〕

『古事記』上巻の大国主神（八千矛神）のくだりで、正妻須勢理毘売命の激しい嫉妬に困惑した夫君の大国主は、出雲から倭国に上ろうとして、身支度をして出発しようとした時に、片方の手は馬の鞍にかけ、片方の足はその鐙に踏み入れて、次のように歌ったとある、その歌、

ぬばたまの　黒き御衣《みけし》を　ま具《つぶ》さに　[1]取り装《よそ》ひ　沖《おき》つ鳥《とり》　胸《むな》見る時　はたたぎも　是《これ》は適《ふさ》はず　辺《へ》つ
波　そに[1]脱《ぬ》ぎ棄《う》て　鴗鳥《そにどり》の　青き御衣《みけし》を　ま具《つぶ》さに[2]取り装《よそ》ひ　沖《おき》つ鳥《とり》　胸《むな》見る時　はたたぎも　是《こ》も
適《ふさ》はず　辺《へ》つ波《なみ》　そに[2]脱《ぬ》き棄《う》て　山方《やまがた》に蒔《ま》きし　茜舂《あかねつ》き　染《そ》め木《き》が汁《しる》に　染《し》め衣《ころも》を　ま具《つぶ》さに[3]取り
装《よそ》ひ　沖《おき》つ鳥《とり》　胸《むな》見る時　はたたぎも　是《こ》し宜《よろ》し　愛子《いとこ》やの　妹《いも》の命《みこと》　群鳥《むらとり》の　我が[4]群《む》れ去《い》なば　引《ひ》け
鳥《とり》の　我《わ》が[5]引け去《い》なば　泣かじとは　汝《な》は言ふとも　やまとの　一本薄《ひともとすすき》　項傾《うなかぶ》し　汝《な》が泣かさまく
朝天《あさあめ》の　霧《きり》に立《た》たむぞ　若草の　妻《つま》の命《みこと》　事の　語《かた》り言《ごと》も　此《こ》をば

（「新編日本古典文学全集」による。）

土居光知『文学序説』（一九二二年初版・引用は、著作集第五巻一九七七年による）は、右の歌を「原始的言語と物真似」の項で次のように説く。

この一節を読む人は、嫉妬してプリプリしている后が、沼河姫の所から帰られた彦爺《ひこじ》に対し大立ちまわりを始めるので、八千矛神も全く閉口し、「それでは大和へ行く」といって、黒い御衣を着ては、鴨のように頸をのべ、身を反らせて胸を見、袖を引き揚げて見たりしては、「気に入らぬ」といって投げ棄て、青い御衣に着換えては再び前同様の所作をし、三度目に紅いの御衣に満足し、思ひ入れあって、臣下をつれ、門の方へ歩み出で、片足を御馬の鞍にかけ、后をふりかえりふりかえりしながら謡われると、けしきばんでいた后も遂に項《うなじ》を傾けて泣き出し、愈〻馬に鞭をあてて出発せん様子を示すと、后の態度が一変し、酒杯を捧げて立ちあがり夫君を留める姿などが眼前に浮かぶのであろう。（傍線は、筆者）

傍線部の「眼前に浮かぶ」という一句は、筆者を引き入れる。

また、この後にいささかユーモアを交えて、次のようにも説く。

またこの歌の言葉は自己の姿を眺め、意識している人の表現である。激情の渦巻に投じている人の直接の声ではない。また実際の夫婦喧嘩のとき、かく余裕のある長いうたをうたったとしたら一方の怒りはどうであろう。かかる歌は舞台の上で幾十度となく繰返される中に次第に句が重ねられ、調子が整えられたものではなかろうか。

筆者は、次章以下に取り上げる平安物語、特に「昔物語」とも呼ばれる『竹取物語』『うつほ物語』の語り（地の文）は、「舞台」の役者の演技を描き上げるものであった、と考えたいのである。

演技（仕草・動き）は言うまでもなく「動詞」によって表現される。中でも「複合動詞」は演技を詳細に描き上げる働きをしている。右の歌でも「複合動詞」が繰り返し用いられている。1「取り装ひ」1「脱ぎ棄て」2「取り装ひ」2「脱ぎ棄て」3「取り装ひ」4「群れ去な（ば）」5「引け去な（ば）」のように、取り上げてみると、真に単純な繰り返しに過ぎないようであるが、1・2の「取り装ひ」と「脱ぎ棄て」の間には、「胸見る時　はたたぎも　是は適はず」「辺っ波　そに」の句も繰り返し現れる。そして、3の「取り装ひ」では、「胸見る時　はたたぎも　是し宜し」と続いて、「愛子やの　妹の命」と呼びかけた後で、「我が4群れ去なば」「我が5引け去なば」と駄目押しし、殺し文句とも言うべき言葉が嫉妬深い妻に投げかけられるのである。これには土居の言うとおり、「后も遂に項を傾けて泣き出し」「后の態度が一変し、酒杯を捧げて立ちあがり夫君を留める」という動作までが「眼前に浮かぶ」のである。この部分、土居の説明をなぞったに過ぎないが、「動詞」の歌の用語としての働きを何よりも端的で具体的に示している例として、殊更に述べ立てた。

　ここで少し飛躍するようであるが、『源氏物語』の紅葉賀巻の一節を引用してみる。

　この内侍、常よりもきよげに様体頭つきなまめきて、装束ありさまいと花やかに好ましげに見ゆるを、さも古りがたうもと心づきなく見たまふ物から、いかゞ思ふらんとさすがに過ぐしがたくて、裳の裾を[1]引きおどろかし給へれば、かはぼりのえならずゑがきたるを[2]さし隠して[3]見返へりたるまみ、いたう[4]見延べたれど、目皮らいたく[5]黒み落ち入りて、いみじうはつれそゝけたり。（『新 日本古典文学大系』による。以下、同じ）

老女房の源典侍が、帝の理髪の奉仕を済ませて誰もいなくなった時、光源氏は、源典侍に戯れのプロポーズをする。厚化粧の源典侍の様子が描出された後に、光源氏と源典侍の演技（動き）が、複合動詞で描かれる。

1「引きおどろかし（す）」は、光源氏が源典侍の裳の裾を〈引いて気づかせる〉動作であり、

2「さし隠し（す）」は、源典侍が〈扇を目の下までかざして隠す〉動作である。そして、源典侍の動作が続くが、3「見返へり（る）」4「見延べ（ぶ）」は、3〈振り返っ〉て、4〈流し目で見つめ〉て、と描写されて、5「黒み落ち入り（る）」で、扇から外れた典侍の「目皮」の（状態的）動作の表現へと展開していく。

『古事記』の歌や物語の「動詞（複合動詞）」によるこのような描写を、筆者は〔動画的表現〕と呼ぶことにしたい。

前掲『源氏物語』の引用は、語りだけのものであったので、次には、語りと登場人物のセリフ（会話）の共にある箇所を引用する。

1（近江君→柏木）「（略）中将の君ぞつらくおはする。さかしらに迎へたまひて、軽めあざけり給ふ。少々の人は、え立てるまじき殿のうちかな。あなかしこ〳〵」と、しりゐざまにゐざり退きて見おこせたまふ。にくげもなけれど、いと腹あしげにまじり引き上げたり。（行幸）

2（近江君→内大臣）「山とうたは、あし〳〵もつゞけ侍なむ。むね〳〵しき方のことはた、殿より申させたまはば、つまごえのやうにて、御徳をもかうぶりはべらむ」とて、手をおしす

りて聞こえゐたり。（行幸）

近江君は、内大臣（かつての頭中将）の外腹の娘で、無教養の女性として登場し、破天荒なふるまいをする喜劇役者であるが、その動作が「〈しりゐざまに〉ゐざり退き（く）」「〈まじり〉引き上げ（ぐ）」「〈手を〉おしすり（る）」「聞こえゐ（る）」などの複合動詞で描かれている。

そのセリフ中の「あざけり（る）」は、平安和文には用例が少なく、「かうぶる」は「漢文訓語」ともいわれるが、近江君の個性（キャラクター）を表す語として用いられたと考えられる。

また、「軽めあざけり給ふ」の後のセリフ「少々」は、光源氏のセリフにも「（略）少〳〵の殿上人におとるまじ」（蛍）とあり、男性用語を近江の君が使っているとの指摘もなされるほか、（内大臣）「いづら、近江の君、こなたに」と召せば、「を」と、けざやかに聞こえて出で来たり」（行幸）の「を」という応答詞も普通は男性の用いる言葉と考えられる。

このように、近江の君のセリフは、『源氏物語』に登場する他の姫君とは違って異常に過ぎる。この点については、五島和代「近江の君の言語」（『北九州大学文学部紀要』48号　一九九三年）の詳細な記述の中に、「申す」に関わって、

近江君が父大臣に「申す」のは娘が父に言う体ではなく、女房が主人に申し上げる体の表

現である。彼女の意識は娘ではなく女房である、ということをこの「申す」は示している。とあるのが、注目される。

女房クラスの中・下層貴族の育ちの女性が日常的に用いていた会話語が、近江君のセリフに表れたと考えたい。

次のセリフの人物にも右のようなことが言えそうである。

1 (博士の娘→式部丞)「月ごろ、風病重きに耐えかねて、極熱の草薬を服して、いと臭きによりなんえ対面たまはらぬ。目のあたりならずとも、さるべからんざう事らはうけ給はらむ」(帚木)

2 (内舎人→右近)「殿に召し侍しかば、けさまいり侍て、たゞいまなんまかりかへりはんべりつる。ざうじども仰られつるついでに、(略)」(浮舟)

3 (里人)「古八の宮の御むすめ、右大将殿の通ひ給し、ことに悩み給こともなくてにはかに隠れ給へりとてさはぎ侍、その御葬送のざうじども仕うまつり侍りとて、昨日はえまいり侍らざりし」(手習)

1の例で、博士の娘であるから、「ざふじ(雑事)」のほか「風病」「極熱」「草薬」などの漢語を用いることがあったのだ、と説明されているが、必ずしも肯定できない。

「ざふじ」について、2・3の会話主についても考えを致さねばなるまい。2は、「おそる」の項で後述するところと同じことが言えよう。聞き手の右近に異様に聞こえる〔役柄語〕として内舎人に使わせたと考えらる。3は里人の〔役柄語〕として用いられている。

さて、ここに〔役柄語〕という学界になじまない術語を敢えて用いたことについて説明する。筆者は、第一部の第一章以下でも述べる通り、昔物語は、その語り始めに常套句「（今は）昔、……ありけり」による芝居の舞台設定と、その舞台に最初に登場してくる人物（役者）の紹介がなされ、次いで登場する役者とその動き（仕草・演技）が加わって描き出されていく。語り（地の文）はそのためのものであると、考えたいのである。これは、かつて、玉上琢彌の提唱した「物語音読論（物語紙芝居論）」（『源氏物語研究　源氏物語評釈別巻一』所収論文〈一九六六年〉）に示唆を受けているが、「音読」「紙芝居」に囚われているものではない。語りにより、芝居の舞台が出来上がり役者が登場して物語という芝居が進行する。その中で役者の用いるセリフは、その役柄にあったものであったはずである。右に挙げた近江の君・博士の娘・内舎人・里人のセリフはそれぞれの生まれ育ちや下役人などにふさわしい用語として物語作者が選び用いさせたものであろう。

ところで、〔役柄語〕は、近年、金水敏により提唱された「役割語」にある面で共通するところろが無くはないが、基本的に相違することを断っておかねばならない。

金水によれば、「役割語」は、

　ある特定の言葉遣い（語彙・語法・言い回し・イントネーション等）を聞くと特定の人物像（年齢、性別、職業、階層、時代、容姿・風貌、性格等）を思い浮かべることができるとき、あるいはある特定の人物像を提示されると、その人物がいかにも使用しそうな言葉遣いを思い浮かべることができるとき、その言葉遣いを「役割語」と呼ぶ。〔金水敏編『役割語研究の地平』〈二〇〇七年〉より〕

（位相語研究に対し）一方で役割語は、まず第一義として、フィクションの制作者による人物像の表現としてデータを取り扱い、それを通して、制作者・受容者に共有された知識の状態を研究対象とする。したがって、例えば（1b）㊟のように現代社会（の共通圏）において、現実に存在しない〈老人語〉は、位相（差）研究では取りこぼされてきたと見られる一方で、役割語研究では典型的な考察の対象となる。

（略）

　なおここで念のために補足しておくと、役割語は極端に現実離れした特徴的な話し方のみを指す概念ではない。話し手の人物像と結びついて記憶されている話し方のヴァリエーションの中には、現実の日常会話に用いられる形式に近いものもあれば、まったく想像的で非現実的なものもある。〔『シリーズ日本語史4　日本語史のインタフェース』第7章　役割語と日本語史〈二〇〇八年〉より〕㊟（1b）「そうじゃ、わしが知っておる」と説明されるものである。

『役割語研究の地平』の説明に読むと、テーマの広がりがゆるやかである反面、この著書に収められた論文が示す限りでは、各国現代語の母語話者の直感もしくは主観にに頼るところを排除できるものではない、と思われる。また、『日本語史のインタフェース』第7章　役割語と日本語史　で説かれるところも基本的には同じ考え方であることは当然ながら、引用の最後の方にある「現実の日常会話に用いられる形式に近いもの」もあるという指摘には注意したい。

筆者のいう〔役柄語〕は、

『竹取物語』『うつほ物語』『落窪物語』『源氏物語』等の地の文には使われず、会話文に限って使われる語。会話主体が日常的に用いたであろうとされる用法（キャラ語と仮称）と、普段は日常的には用いない主体が様々な緊張した場面で、強い語気・語調で、意図的に発する用法とがある。

前者は、主として身分の下位の者が、上位の聞き手に使うもので、場面によっては畏まり

（卑下謙遜）に近い意味合いを帯びることがある。後者は、上位の者が下位の者を叱責する意味合いを帯びることもある。

と、まとめられるもので、資料・テーマともに極めて限定的な性格のものである。しかし、〔役柄語〕研究の目指すところは、「平安時代の現実の日常会話に用いられた形式に近いもの」であり、右に言う「会話主体が日常的に用いたであろうとされる用法」の追求である。

平安和文（物語・日記等）には、いわゆる漢文訓読語が往々にして用いられ、しかもそれが物語においては、会話文に用いられることの理由・謎を追求することにより、和文語・漢文訓読語などの、文体（位相）差にとどまってしまっている平安時代語研究の現状に風穴を開け、ひいては日本語史研究に新しい展開を期待したいのである。

第一部　物語の動画的表現と役柄語

第一章　『竹取物語』の動画的表現と役柄語

一

Ⅰ．地の文（語り）の動画的表現と一部の静止画的表現

筆者は、『竹取物語』に典型的に表れる昔物語の冒頭部分の常套的表現を、《物語の舞台設定と役者の登場》のそれとして捉えたい。

1．今は昔、○○といふもの有りけり。

まず、時の設定が「今は昔……けり。(注1)」でなされるが、これは、〈この時（＝この舞台）は、昔（のことで）、……（が、あっ）た〉と解するのである。ここで、ある人物○○の登場がなされるが、○○は特定の名ではない。

2．○○（は）△△しけり。名をば◇◇となむいひける。

ここで、○○は△△した。と、△△でその行為（動作・演技）を描き、次に、その名は◇◇となむいひける。と、実名◇◇を明らかにする。この話が真実にあったこととする、作者の表現技法の一つである。ここの「なむ」は、聴者（読者）を顧慮した強調表現であり、聴者を納得させる効果も果たしている。

3．◇◇（は）△′△′す。

ここで、「けり」が削除され、聴者は語り手の今〈この時（＝この舞台）〉の世界に完全に誘い込まれる。すなわち物語の語り手は、現場（生）を描き出す語りを始めるのである。

このように、登場人物の動作・状態を描き出す表現は、役者の演技を表すことになる。ここでの表現技法を、箇条書き風にまとめれば、次の通りである。

1．敬語の使用・不使用

物語の地の文は語り手の立場から、会話は会話主即ち役者の立場から、敬語表現を採るか、採らない（無敬語表現）かに分かれる。

動作主即ち役者は、語り手が聴者に誤解されない範囲で省き、その動作（述語）の敬語表現の有無によって、役者の何人かを示唆する。

敬語には「給ふ」や、それよりも敬意の高い「せ（させ）給ふ」（最高敬語）のようなものがあり、動作主の識別がなされる。

2．動作（演技）を表す動詞の使用

具体動作語――動詞は基本的に目に映じ、耳に聴こえる動作を表す。動作主（役者）の思いを表す場合は「思ひ＋動詞」の形（複合動詞）を採って表す。

3．状態を表す形容詞・形容動詞の使用

形容詞は、客観的な状態を表すものと、動作主（役者）の心の状態（心情）を表す場合がある。あるいは、心情を表す形容詞に接尾語「げ」を下接して、客観的な状態として描き出す。

以上、述べてきたことを、『竹取物語』の本文に付いて解析していくが、それに先立って、筆者の論述を明確化するためのキーワード等に関わる事項を記しておく。

動画的表現と静止画的表現のキーワードとその用法

二重傍線部══「けり」の、物語冒頭部分での反復使用は、聴者（読者）を語り手の今（この時）に誘い込む用法。「けり」の、物語中での反復使用は、物語の途中で波線部〰〰 の段落の終わりを予告する用法。時には段落の始めにも使用される。「まじる」「あやしがる」等は、具体動作語のうちのいわゆる和文語。オノマトペも含む。
傍線部―― 「ぬ」「つ」は、直上の動作が実行され、終了したことを顕示する用法。「けり」との相乗効果で物語が動画（ここ以下、動画的表現の意で用いる）として描かれ展開する。
囲み部分□ 「たり」「り」は、動画を一旦止め、その場の情景を静止画（静止画的表現）として細描する用法。

二

いまは昔、竹取の翁といふもの有けり。野山にまじりて竹を取りつゝ、よろづの事に使ひけり。名をば、さかきの造となむいひける。その竹の中に、もと光る竹なむひと筋ありける。あやしがりて、寄りて見るに、筒の中光りたり。それを見れば、三寸ばかりなる人、いとうつくしうてゐたり。翁言ふやう、「我が、朝ごと夕ごとに見る竹の中におはするにて知りぬ、子になり給べき人なめり」とて、手にうち入れて家へ持ちて来ぬ。妻の女にあづけてやしなはす。うつくしき事かぎりなし。いとおさなければ、籠に入れてやしなふ。

竹取の翁、竹を取るに、この子を見つけて後に竹取るに、節をへだててよごとに、黄金ある竹を見つくる事かさなりぬ。（本文は、「新　日本古典文学大系」による。以下、同じ）

冒頭部分で4回「けり（ける）」が繰り返されることにより、聴者は、語り手の今（この時）に誘い込まれる。その後からは「けり」が削除された語りが展開する。(注2) その最初の「あやしがりて」は、〈首ヲ傾ゲテ〉という翁の具体動作であり、聴者はそれを目のあたりに見るがごとくに、聴き入るのである。そして、翁の会話中に用いられる、「おはする」「なり給（ふ）」によって、「三寸ばかりなる人」が、見事な衣装を着けていたことを、間接に聴者は知る。その翁は「子＝籠（こ）になり給べき人」と洒落を飛ばしながら、その人を手（掌）に「うち入れて」（＝チョコンと乗セテ）家へ持ち帰る。ここで、「持ちて来ぬ」の「ぬ」は「あやしがりて」で始まる翁の動作が実行され、ここまでに動きの終了したことを顕示するマーカーである。同じように、引用部の最後の「かさなりぬ」の「ぬ」も「竹取る」という動作の繰り返しの終了のマーカーである。まさに聴者は、このシーンを動画として脳裏のスクリーンに映し出していくのである。

翁、竹を取る事久しくなりぬ。いきおひ猛の者に成にけり。この子、いと大きに成ぬれば、名を、御室戸斎部の秋田をよびて、つけさす。秋田、なよ竹のかぐや姫とつけつ。この程三日、うちあげ遊ぶ。よろづのあそびをぞしける。おとこはうけきらはず呼びつどへて、いとかしこく遊ぶ。

世界のおのこ、貴なるもいやしきも、いかでこのかぐや姫を、得てしかな、見てしかなと、をとに聞きめでてまとふ。そのあたりの垣にも、家の門にも、をる人だにたはやすく見るまじき物を、夜るはやすき寝も寝ず、闇の夜に出て、穴をくじり、かひ間見、まとひあへり。さる時よりなむ、「よばひ」とは言ひける。

「久しくなりぬ」「大きに成ぬれば」「つけつ」の「ぬ」「つ」は動画のマーカーとして動作の経過を示しつつ、その終了を顕示している。「まとふ」「まとひあへ（り）」は、男たちが、何とかして「姫」を見たいと〈ウロツク〉〈ウロツキアウ〉という、目に映ずる動作の表現である。

この引用部に「けり」が、3回使われているが、その二つは、このあたりで、竹の中から現れ出たかぐや姫が、成人して男たちの熱烈なプロポーズを受け始めるという求婚物語の始まりの小段落の終わりを予告しながら、「よばひ（呼ばひ→夜這ひ）」と洒落を言ったところで「けり（ける）」を使ってその終わりを聴者に告げているのである。

国語学者による『竹取物語』の「けり」の用法の解析は、夙に阪倉篤義によってなされている。阪倉は、「けり」を論じて、次のごとく明言している。

その内部の叙述に与かる文章は、濃密な重なり合いを示し、互いに連続してきれない。この連続を断ち切るものとして、「……けり」を以て終止する一群の文があった。（略）ここで叙述は結末がつけられ、次にはまた別の世界が展開するのである。しかもその切れ方は余りにも深く、文章の流れはその度に完全に切断されて、「けり」を以て枠づけられた世界どうしは、お互いに交渉を持つ事ができない。例えば五人の貴公子と帝をめぐる六つの物語は、それぞれ別個にこの物語の一部を形成して、相互の交渉を示さない。ただいずれも、かぐや姫をめぐる求婚譚としての共通性を以て、並列させられるのみである。

（「『竹取物語』の構成と文章」、「国語国文」一九五七年初出〈『文章と表現』一九七五年・所収〉）

これは、正しく至言であり、筆者も基本的にこれに従うものであるが、「けり」による〃枠づけ〃のなかで、「……けり」文から、「けり」のない文への移行をどう見るのか、という点には阪倉論文に特に考察は見られない。またいわゆる漢文訓読語についても、この論文の発表当時に一般的であったこの物語の原型に漢文体のものを認めるとする考え方に立っているため、論文の総体としての論述には、今日では肯定されにくいものがあろう。

次に、国文学者による「……けり」文から、「けり」のない文への移行することについての記述がなされているかどうかを、見ておきたい。多くの説がある中で、最近著書の形で提言されたものを挙げる。

東原伸明は、三谷邦明の、

(翁、見れば)その竹のなかに、もと光る竹なむ一すぢありける。あやしがりて、寄りて見るに、筒の中ひかりたり。それをみれば、三寸ばかりなる人、いとうつくしうてゐたり。

の原文の読みを、「(翁、見れば)という一文を付加し改変(?)をしてしまっている。」と指摘し、その説の要点を紹介した後で、三谷の説を批判して次のごとく述べている。

『竹取物語』を冒頭から線条的に読んだ読者が、「その竹の中に、本光る竹なむ一筋ありける」を、果して語り手の声と登場人物の声とが別々に二つ聞こえる、いわゆるバフチン流の二声仮説に則った自由間接言説だと認識できるかどうか。そもそも、ここを自由間接言説だという発見を指摘した三谷自身、まったく最初に、一度めに読んだ時、正直な気持ちとして本当にそう感じたのだろうか。冒頭から線条的に読んだ時は、どう考えてもこれは語り手の声しか聞こえない地の文である。地の文以外のものとしては、ちょっと認識できない筈である。そして、「見るに、……光たり」・「見れば、……ゐたり」の呼応に気づいた時点で、もういちど振り返って「その竹の中に、本光る竹なむ一筋ありける」を読み直すと、今度は、〈なんだここには翁の視線も入っていたのではないか〉、と気づくという仕掛けになっている。

（『源氏物語の語り・言説・テクスト』二〇〇四年）

ここには、上記に問題指摘しておいた〝「……けり」文から、「けり」のない文への移行〟はまったく問題にされていないどころか、「読み直すと」「翁の視線も入ってくる」という論が展開されている。これでは、「あやしがりて」という和文語（物語用語）が用いられ、「あやしみて」「あやしびて」のようないわゆる漢文訓読語が用いられていない、という筆者の主張など、一顧だにされないのも無理ないと思われてくる。

三

くらもちの皇子は、心たばかりある人にて、朝廷には、「筑紫の国に、湯浴みにまからむ」とて、いとま申て、かぐや姫の家には、

「玉の枝取りになむまかる」

と言はせて、下り給に、仕ふまつるべき人〻、みな難波まで御をくりしける。皇子、

「いと忍びて」

とのたまはせて、人もあまた率ておはしまさず、ちかう仕うまつるかぎりして、出たまひぬ。御をくりの人〴〵、見たてまつりをくりて、帰りぬ。「おはしぬ」と人には見え給て、三日ばかりありて、漕ぎかへりたまひぬ。

かねて、事みな仰たりければ、その時ひとつの宝なりける鍛治工匠六人を召しとりて、たはやすく人寄り来まじき家をつくりて、かまどを三重にしこめて、工匠らを入給つゝ、御子もおなじ所にこもり給て、知らせ給たるかぎり十六そを、かみにくとをあけて、玉の枝をつくり給ふ。かぐや姫のたまふ様にたがはず、つくり出でつ。いとかしこくたばかりて、難波にみそかに持て出ぬ。

「舟にのりて帰り来にけり」

と、殿に告げやりて、いといたく苦しがりたるさまして、ゐたまへり。

くらもちの皇子の話の始まりに「けり」が用いられ、鍛冶工匠らの登場してくる場面まで使われているが、この「蓬萊の玉の枝」の章段が長編であり、ほんのはじまりであることが、示されているのである。その鍛冶工匠らの登場してくる場面の前に「ぬ」が2回用いられて、動画が展開する。その後には、贋の玉の枝が作られ、それが作り終えられるまでが、実に短く語られているが、聴者は、「御子もおなじ所にこもり給て、知らせ給たるかぎり十六そを、かみにくとをあけて」のところで、その玉が苦心惨憺して作り出されたことを推察し、「つくり出でつ」の箇所で聴き取って、次の場面「難波にみそかに持て出ぬ」に展開する語りを受け止めていくのである。その後に出てくる皇子の「苦しがる」は、もとより演技である。

迎へに、人多くまいりたり。玉の枝をば、長櫃に入れて物おほひて、持ちてまいる。いつか聞きけん、

「くらもちの皇子は、優曇華の花持ちて、のぼり給へり」

とのゝしりけり。これをかぐや姫聞きて、「我は皇子に負けぬべし」と、胸うちつぶれて思ひけり。

かゝる程に、門をたゝきて、

「くらもちの皇子、おはしたり」

と告ぐ。

「旅の御姿ながらおはしたり」

と言へば、会ひたてまつる。御子、のたまはく、

「命を捨てて、かの玉の枝持ちて来たる」とて、「かぐや姫に、見せたてまつり給へ」

と言へば、翁、持ちて入りたり。この玉の枝に、文ぞつきたりける。

徒らに身はなしつとも玉の枝を手おらでたゞに帰らざらまし

これを、あはれとも見でをるに、竹取の翁、はしりていはく、

「(略)」

と言ふに、物も言はで、頰杖をつきて、いみじう嘆かしげに、思ひたり。この皇子、

「いまさへ、なにかと言ふべからず」

と言ふまゝに、縁に這ひのぼり給ぬ。

前掲の本文に直接続く箇所である。「ののしりけり」「思ひけり」と「けり」が用いられるのは、この話の始まりの方であることと、ここで、くらもちの皇子の求婚が本格化する場面でもあることを示唆する「けり」の用法である。「文ぞつきたりける」も求婚の文であることを示している。

さて、ここの本文で、「嘆かしげに、思ひたり」は〈嘆カワシソウナ顔付キヲシテイル〉〈嘆カワシソウニシテイル〉というかぐや姫の心情の客観的な状態表現である。一方の皇子は、「いまさへ……」と言うやいなや、「縁に這ひのぼり給ぬ」の動作が行われる、この「ぬ」のマーカーで、動きの経過と終了が描かれる。この箇所には、静止画と動画が隣接しているのである。

四

中納言石上麻呂足の、家に使はるゝをのこどものもとに、

「燕の、巣くひたらば告げよ」

とのたまふを、うけたまはりて、

「何の用にかあらん」

と申。答へての給やう、

「燕の持たる、子安の貝を取らむ料也」

とのたまふ。をのこども、答へて申。

「燕をあまた殺して見るだにも、腹に何もなき物也。たゞし、子産む時なん、いかでか出だすらむ、はらくか」と申。「人だに見れば、失せぬ」

と申。又、人の申やうは、

「（略）」

と申。中納言よろこび給て、

「おかしき事にもあるかな。もつともえ知らざりつる。興あること申したり」

との給て、

中納言石上麻呂足の段を取り上げる。ここの会話部分で注意を引くのは、その前後に「言ふ」の意味の語を繰り返す表現である。語り手の語りを受け取る聴者にとって重要なことは、役者のセリフがどこから始まり、どこで終わるかである。「のたまふ」か「申す」かの違いも聴者が役者の特定をすることを確実なものにする表現技法である。「申す」の呼応が見られるのに、右の引用本文最後の中納言の会話の前が「よろこび」であるのは、「よろこぶ」が〈オ礼ヲ言ウ〉動

作を表すからである。(注2)

燕も、人のあまた上りゐたるにおぢて、巣にも上り来ず。かゝるよしの返事を申したれば、聞き給て、「いかゞすべき」とおぼしわづらふに、かの寮の官人、倉津麻呂と申翁、申やう、

「(略)」

と申。中納言、の給やう、

「いと、よき事也」

とて、あなゝいをこぼし、人みな帰りまうで来ぬ。

「おぢて」は〈オドオドシテ〉〈ブルブル震エテ〉のような具体動作を表すが、「おぼしわづらふ」は、「わづらふ」動作が、心中で行われるという表現である。そして、この場面最後に「まうで来ぬ」と動作の経過の終了が顕示される。

中納言、よろこび給て、よろづの人にも知らせ給はで、みそかに寮にいまして、おのこどもの中にまじりて、夜るを昼になして取らしめ給。倉津麻呂かく申を、いといたく喜びて、のた

まふ。

「こゝに使はるゝ人にもなきに、願ひをかなふることのうれしさ」

とのたまひて、御衣ぬぎてかづけ給つ。

「さらに、夜さり、この寮にまうで来」

との賜て、つかはしつ。

「まじりて」は、この物語の冒頭部分にも用いられいた。中納言が、家来たちの中で、〈活発ニ動キ回ル〉動作を表し、倉津麻呂に褒美を与える動作と、更なる約束をして帰宅させる動作に「つ」が用いられている。

このあたりも、和文語「まじる」と「ぬ」「つ」でマークされる動画場面である。

五

かゝる程に、宵うち過ぎて、子の時ばかりに、家のあたり、昼の明かさにも過ぎて、光りたり。望月の明かさを、十合はせたるばかりにて、ある人の毛の穴さへ見ゆるほどなり。大空より、人、雲に乗りて降り来て、地より五尺ばかり上がりたる程に、立ち連ねたり。これを見て、内外なる人の心ども、物におそはるゝやうにて、会ひ戦はん心もなかりけり。からうじて思ひ起こして、弓矢をとりたてんとすれども、手に力もなくなりて、萎えかゝりたり。中に、心さかしき者、念じて射んとすれども、ほかざまへ行きければ、荒れも戦はで、心地たゞ痴れに痴れて、まもりあへり。

立てる人どもは、装束のきよらなること、物にも似ず。飛ぶ車一具したり。羅蓋さしたり。その中に、王とおぼしき人、家に、

「宮つこ麻呂、まうで来」

と言ふに、猛く思ひつる造麻呂も、物に酔ひたる心地して、うつぶしに伏せり。

かぐや姫の昇天の章段の一節に右のような静止画場面が現れる。かぐや姫が月の都の人で、月からの迎えがやってくると聞き及んだ帝が、二千人の官士を、翁の家につかわす。その日が来て、「子の時」の情景は、「大空より、人、雲に乗りて降り来て」のように、〝動〟を含みながら、次に〝静〟が描き出される。「会ひ戦はん心もなかりけり」は、それまでは合戦にたかっぷていた心が、消え失せた状況を描き、「念じて射んとすれども、ほかざまへ行きければ」は、〝動〟ではあるが、「念じて射つれども」でないことに、注意したい。「射る」動作は描かれず、矢があらぬ

方向に行く状況に焦点を当てた描写であろう。「王」の会話が出て来るのは、〝動〟であるが、それを聴く「造麻呂」は〝静〟で描き出される。

この場面の後、王が翁に姫を出すように説得するが、翁が応じないので、動画場面に転じていく。

立て籠めたる所の戸、すなはち、たゞ開きに開きぬ。格子どもも、人はなくして開きぬ。女いだきてゐたるかぐや姫、外に出ぬ。

静止画場面から、動画場面への「ぬ」の繰り返しは極めて効果的になされている。そしていよいよ、地上界の翁との別れの場面は、

今はとて天の羽衣きるおりぞ君をあはれと思ひいでける

とて、壺の薬そへて、頭中将よびよせて奉らす。中将に、天人とりて伝ふ。中将とりつれば、ふと天の羽衣うち着せたてまつりつれば、翁を、「いとおしく、かなし」とおぼしつる事も失せぬ。此衣着つる人は、物思ひなく成にければ、車に乗りて、百人ばかり天人具して、昇りぬ。

のごとく、動画で描かれ、続いて、中将が帝に報告に及ぶ場面は、

中将、人〻ひき具して帰りまいりて、かぐや姫を、え戦ひ留めず成ぬる事、こまぐ〵と奏す。薬の壺に、御文そへてまいらす。ひろげて御覧じて、いといたくあはれがらせ給て、物もきこしめさず、御あそびもなかりけり。

と、動画で描き上げられていく。

六

さて、『竹取物語』の最後尾の本文は、

御文、不死の薬の壺ならべて、火をつけて燃やすべきよし、仰せ給。そのよしうけたまはりて、兵士どもあまた具して、山へ登りけるよりなん、その山を「富士の山」とは名づけける。その煙、いまだ雲のなかへたち昇るとぞ、言ひつたへたる。

と、「ける（けり）」が、2回繰り返されて、語りの終わりが告げられる。その後の「その煙、……言ひつたへたる。」は、語りの終了後に「たる（たり）」の現在形で付加される表現技法で、一の昔物語の冒頭部分に関わる（注1）の春日説で指摘されているとおり、典型的な説話文体なのである。

Ⅱ．会話文（役者のセリフ）と「役柄語」としての表現

『竹取物語』に用いられたいわゆる漢文訓読語については、種々の説があるが、いずれもこの物語の原型に漢文体のものを認めるとする考え方に立っているので、その用法には基本的な疑問が提示されていない。

しかし、筆者は、この物語に用いられた漢文訓読語は、語り（地の文）のものは極少数で、多くは会話文、それも身分の低い者のセリフに用いられたことに注目し、そのような旧説（通説）に囚われず考察を進めることとする。以下、会話主体（役者）に分けて挙例する。

竹取翁のセリフ

(1)（翁→かぐや姫）「変化の人といふとも、女の身持ち給へり。翁のあらむかぎりは、かうてもいますかりなむかし。この人〻の、年月をへて、かうのみいましつゝのたまふことを、（略）」

(2)（翁→かぐや姫）「思ひのごとくも、のたまふ物かな。そもく、いかやうなる心ざしあらん人にか、あはむとおぼす。（略）」（貴公子たちの求婚）

（貴公子たちの求婚）

(3)竹取の翁、はしりていはく、（翁→かぐや姫）「（略）旅の御姿ながら、わが御家へも寄り給はずして、おはしましたり。はや、この皇子にあひ仕ふまつり給へ」と言ふに、（かぐや姫ハ）物も言はで、頬杖をつきて、いみじう嘆かしげに、思ひたり。

（蓬萊の玉の枝）

この例で、注意したいのは、(3)の会話文に続く地の文では、和文語「で」が用いられていることである。

地の文の用例はテキストによって異なるが、これを含めて6例ほどある。他方、会話文（心理文を含む）の例は、かぐや姫7例・石作皇子1例・車持皇子2例・大納言2例・内侍ふさこ1例・竹取翁1例である。翁が「で」の方も用いているのに対し、翁以外の身分の低い者はこれを用いていない。かぐや姫も含め身分の高いものは、地の文と同じ言い方（「で」を用いる）をしているということである。この地の文と会話文に頻用される「で」は、接続助詞「て」の対義となる否定単純表現で、文脈にに依存して時には否定逆態接続表現にもなる性格の助詞である。一方、「ずして」は、〔〜シナイママデ（シナイ状態デ）〕の意を表し、その場面での限定的な表現となる。（→第二部第一章「ずして」の意味）

(3)で、翁が用いた「ずして」は、翁の役柄を表すとともに、ここでは車持皇子の動作を「わが御家へも寄り給はず」と限定強調する意味をも表している。

(4)翁の言ふやう、「御迎へに来む人をば、長き爪して、まなこをつかみつぶさん。（略）」（かぐや姫の昇天）

右の「まなこ」については、後掲の例と合わせてコメントする。以上は竹取翁が漢文訓読語を会話に用いた例で、次からは身分の低い会話主体を一まとめにして挙例する。

工匠・家来・楫取・わうけい・世間の人の会話

(5)一人の男、文挟みに文をはさみて申す。「（略）玉の木を作りつかうまつりし事、五穀を断ちて、千余日に力を尽したること、少なからず。しかるに、禄いまだ給はらず。（略）」（蓬莱の玉の枝）

(6)おのこども、仰せの事をうけたまはりて申さく、「仰の事はいともたうとし。たゞし、この玉、たはやすくはえ取らじを。いはむや、竜の頸の玉は、いかゞ取らむ」と申あへり。

(7)をのこども、答へて申。「(略)たゞし、子産む時なん、いかでか出だすらむ、(略)」（竜の頸の玉）

(8)又、人の中やうは、「(略)あぐらを結ひあげて、うかゞはせんに、そこらの燕、子産まざらむやは。さてこそ、取らしめ給はめ」と申。（燕の子安貝）

(9)倉津麻呂が申やう、「(略)このあなゝいをこほちて、人みなしりぞきて、まめならん人一人を、荒籠に乗せすへて、(略)」（燕の子安貝）

(10)楫取、答へて申。「(略)もし、さいはひに神の助けあらば、南の海に吹かれおはしぬべし。(略)」（竜の頸の玉）

(11)唐土にをる王慶に、黄金をとらす。王慶、文をひろげて見て、返事書く。「(略)いと難きあきなひなり。しかれども、もし天竺にたまさかに持てわたりなば、(略)」（火鼠の皮衣）

(12)世の人〴〵、「阿倍の大臣、火鼠の皮衣もていまして、かぐや姫に棲み給ふとな。こゝにやいます」など問ふ。（火鼠の皮衣）

(13)世界の人の言ひけるは、「(略)」「いな、さもあらず、みまなこ二に、李のやうなる玉をぞ添へて、いましたる」（竜の頸の玉）

「まなこ」の例は前掲の⑷と合わせて、身分の低い者の会話にのみ用いられる。これに対し、ほぼ同義とみられる「め（目）」は、竜の頸の玉の段の地の文に、

（大納言ハ）風いと重き人にて、腹いとふくれ、こなたかなたの目には、李を二つつけたるやう也。

とあり、⒀の会話の箇所に対応する。また、燕の子安貝の段とかぐや姫の昇天の段の地の文に、

（中納言ハ）御目は白目にて臥し給へり。

（竹取の翁ハ）此事を嘆くに、鬚もしろく、腰もかゞまり、目もたゞれにけり。

とあって、この会話での「まなこ」の用法は明らかに作者による意図的なものである。

一方身分の高い人の会話中には少なく、語も限られている。

皇子・大納言・月の王の会話

1. この皇子、「いまさへ、なにかといふべからず」（蓬萊の玉の枝）
2. 大納言、御腹ゐて、「なむぢらが君の使と、名をながしつ。君の仰ごとをば、いかゞはそむくべき」（竜の頸の玉）
3. 大納言、起き居てのたまはく、「なむぢら、よく持て来ずなりぬ。（略）」（竜の頸の玉）
4. その中に、王とおぼしき人、（略）いはく、「なんぢ、おさなき人、いさゝかなる功徳を、翁つくりけるによりて、なんぢがたすけにとて、片時のほどゝてくだしゝを、（略）身をかへたるがごと成にたり。（略）」（かぐや姫の昇天）

挙例で明らかなように、「なむぢ（なんぢ）」が、問題になろう。2. の「君の使」「君の仰ごと」とでは、自分を「君」と言っており、大納言の会話は絶対上位者としてのいわゆる自敬表現となっている。ただし、3. では少し違ってきている。すなわち絶対上位者としては、家来の動作には謙譲語を用い、「よくもて参らずなりぬ。」となるところを「よく持て来ずなりぬ。」と言っているのである。3. の場面では、大納言自らが竜の頸の玉を取ろうとして辛き目に会い、反省している気持ちが原文のようになったのであろう。なお、この大納言の会話の続きの節に「まして、竜を捕へたらましかば、又、こともなく、我は害せられなまし」と、和文語の「まして」が用いられている。前掲の(6)でその家来（「おのこ」）が、漢文訓読語の「いはむや」を用いているのとは、まさに対照的である。「なむぢ」も作者が会話語として意図的に用いたものであろう。

（→第二部第三章平安和文の「いはむや」の用法）

なお、かぐや姫のセリフには漢文訓読語が全く用いられていない、とは言えないことについて、付言しておく。かぐや姫が漢文訓読語（的表現）を用いたのではないか、と言われるところは、貴公子たちの求婚の段に、

「くらもちの皇子には、東の海に蓬萊といふ山あるなり、それに、白銀を根とし、黄金を茎とし、白き玉を実として立てる木あり、（略）」

とある、「……とし……とす」という言い方である。しかし、この場面は、竹取翁を介して五人の貴公子に無理難題を課するところであって、それをくらもちの皇子に取り次ぐ翁のセリフとがダブッたような印象を与える表現であり、かぐや姫のセリフとして、他の例のものと同等には扱えない。漢文訓読語の使用はやはり上記のような身分の低い者のセリフのものに限られると考えておいてよかろう。

（3）地の文の例も少なく「たがひに」「あるいは」「いはく」「います」「ごとく」等の例であ

る。このうち「たがひに」は、

かやうに、御心をたがひに慰め給ほどに、三年ばかりありて、（かぐや姫の昇天）

の1例である。「たがひに」は平安時代の日常的用語であって、和文語「かたみに」と同義ではなく、「かたみに」よりも多義的な性格の語として存していたものが、この物語で用いられたものである。↓第二部第四章「おそる」と「おづ」、「たがひに」と「かたみに」の意味

「たがひに」が漢文訓読によって齎されたものでなく、逆にこの当時の日常的用語が漢文訓読の際に用いられたものとする考え方が正しいとすれば、地の文に頻出する「いはく」もその蓋然性はあるのではなかろうか。会話の始まりを示すマーカーとしての「いはく」が、口承説話に基づく昔物語の語りに有効な言い方として採用された、とする私見を提出しておきたい。

最後に、作者が、漢文訓読語を竹取翁を始めとする身分の低い者のセリフに用いたことの理由について考えてみたい。物語の作者も読者も貴族階級に属する人々である。物語の語り手は古女房という貴族の階層に入るものとして設定され、そういう語り手による物語の語りの地の文が、

いわゆる和文語（物語用語）をもって描写されていく。貴族階級に属する登場人物（役者）の会話は、物語の中の物語として位置づけられており、それゆえに和文語が用いられているのである。対照的にいわゆる漢文訓読語は、それとは異質の、貴族階級に属さない登場人物（役者）の個性を特徴づける会話の用語（セリフ）として、作者によって意図的に選択されたと考えられる。

（注1）「今は昔」の「今」は、語り手が過去に身を置いた表現である。この解釈は、井島政博（「中古和文の時制と語り―「今は昔」の解釈に及ぶ―」〈『日本語学』第二四巻第一号、二〇〇五年〉）が、諸説を整理して、「対立説」と「一致説」とした後者の方の、《「今」は物語時現在で「昔」と同じ時間を指すとする説。およそ「ここで今というのは昔のことですが」のように解釈する》に分類されるものである。ただし、筆者の解釈は、本文でも述べたとおり、「今は」を「この時（この舞台）は」と解する点で、井島の分類からははみ出すものと考える。

筆者のこの考えは、春日和男『説話の語文―古代説話文の研究―』（一九七五年）の説に示唆されるところが大きい。次にこの書の一節を引用する。

今は昔、竹取の翁といふものありけり。……その煙いまだ雲の中へたち上るとぞいひ伝へたる。が示すやうに、「今は昔」と「ケリを使って語られる説話の本体」、それに結びの「とぞいひ伝へたる」の三つを要素としなければならぬ。「今は昔」はこの場合、末尾の常套句「とぞいひ伝へたる」と相呼応してゐるのである。（略）「今は昔」は一つの判断文として、これに繫辞（copula）の性格を認めることも可能となる。現代の「今が昔である」といふ意味にも近くなり、その基本的時間はどこまでも「今」におくことができる。それは「これは 昔」と昔を現在地に指示する

態度と異なるものではない。（二一六頁）

筆者は物語の文中でも「今（は）」が、「この時（は）＝この舞台（は）」の意で使われることは珍しいことではない、とする解釈を採るものである。次のような用法である。

○八月十五日ばかりの月に出居て、かぐや姫、いといたく泣き給。人目もいまはつゝみ給はず泣き給。（竹取物語・かぐや姫の昇天）〈「新日本古典文学大系」による。〉

○をばの殿ばら（に）宮づかへしけるが、今は和泉守の妻にてゐたりけるがり文遣る。（落窪物語・巻二）〈「日本古典文学大系」による。〉

（注2）（「『竹取物語』の構成と文章」、「国語国文」一九五七年初出〈『文章と表現』一九七五年・所収〉）にも記したが、動詞は基本的に具体動作を表す。心中の動作は次の本文中も用いられる「おぼしわづらふ」で表現する。（なお、「よろこぶ」と「思ひよろこぶ」の違いについては、拙稿「漢文訓読語と和文語—語りの中での用法—」〈「日本語学」第二四巻第一号、二〇〇五年〉を参照されたい。）

（注3）「まなこ」については、宮地敦子「平安朝までの「まなこ」に関する一考察—孤例の解釈—」、（『宮地裕・敦子先生古稀記念論集　日本語の研究』所収、一九九五年）がある。詳細な論ではあるが、冒頭に「マナコは、すでに指摘のあるとおり、漢文訓読用語として、代表語形「メ」の「子」の意で造語された。」とあるのには、従い難い。

第二章　『うつほ物語』の動画的表現・静止画的表現と役柄語

――「藤原の君」巻を例として――

はじめに

筆者はかつて、『うつほ物語』の本文といわゆる「絵解」の相違を対比的に検討し、〝あえてまとめるとすれば〟という条件付きながら、次のように結論づけた。(注1)

絵解は基本的に、物語の流れを一旦静止させた場面（画面）を、俯瞰的に説明するいわば解説文であるのに対し、物語本文は登場人物が次々と現れて演技をしては、時の流れとともに去っていき、舞台が変わって次の時代の人々が登場して演技するのを描写し、物語る文である。しかし、両者は全く性格を異にするものではない。

これは、末尾の文で示される通り、かなり曖昧なまとめであった、と反省する。その上、「絵解」を「いわば解説文」としたのも、今から見ると、適切ではなかった、と思う。

本章では、物語の本文を、「動画的表現」と見、いわゆる「絵解」を「静止画的表現」と見、更には会話文を登場人物の役柄を表す役柄語とする考え方から、考えを進めて見ようと思う。それには、昔物語の構成と表現を色濃く伝える「藤原の君」巻に限定して、考察を試みるのが効果的であると考える。

一

かつての考え方が、曖昧な結論にならざるを得なかったのは、「絵解」を、もと画面の中に書き込まれた「絵の解説」「絵の注釈」とする通説に従い、それに囚われたからである。そして更に、『源氏物語絵巻』の詞書との対比に論を進めたところに問題があった。すでに、この考えを書いた時点で室城秀之『うつほ物語の表現と論理』（一九九六年）では、「絵解」「絵詞」の呼称を放棄し「複本文」とする新見が提示されており、そのことにも触れてはいたのであるが、これに従うことは留保した。本章では、「絵」の存在を前提としない室城説を重視する。前掲書の一節を次に引用する。

「絵詞」あるいは「絵解」といわれる本文を、物語と別の次元の本文ではなく、物語の本文そのものとして読み直す必要があるのである。いまここに、〈複本文〉という熟しきらない用語を用いたのも、従来の「絵解」研究にとらわれずに物語を読んで見たいためである。

（第四章　絵解論　1 うつほ物語における複本文化現象について—あるいは、絵解論序説—四二〇ぺ）

これは、現代のこの物語の研究が、「絵解」については、「それを作者自身の書いたものとする説をもふくめて、まだ、近世の国学者たちの研究を、根本的に脱しきれていない」という考え方からの発言であり、当然、他の国文学者からの反論も出されている。(注2)

『うつほ物語』の研究からすると、室城説はその視座を限定化（狭隘化）する懸念がありそうでもあるが、筆者はこの物語に関わらず、昔物語の表現技法がどのようなものであったか、という観点から上述のような考えを進めることとする。

まず、「藤原の君」巻の冒頭句が、

むかし、藤原の君ときこゆる一世の源氏おはしましけり。（「校注古典叢書」による。以下、同じ）

とあるのは、前章でも採り上げた『竹取物語』の、

いまは昔、竹取の翁といふもの有りけり。野山にまじりて竹を取りつゝ、よろづの事に使ひけり。（「新　日本古典文学大系」による。以下、同じ）

とあるのと、酷似するが、相違する表現技法に注意したい。『竹取物語』の「いまは昔」の「いま（今）」を筆者は「この時は」と解し、「今」と「昔」を同じ時間を指すとするので、大きな相違とは考えない。(注3)むしろ、『竹取物語』では、‖傍線を付した「けり」が、引用部分に続いて更に2回繰り返され、「けり（ける）」で終わる文が、4回も続いているのに対し、「藤原の君」巻では、引用の後は直ちに「けり」の付かない文（φ文）に転ずることに相違点を考えたい。この巻で用いられる「けり」文は、ヒロイン「あて宮」に求婚する貴公子や「ふるみこ（上野宮）」などの登場場面に表れる傾向が認められる。以下、この点に注意して本文を読み進めてみる。

かくて、又、右大将ふぢはらのかねまさと申す、年卅ばかりにて、世中心にくゝおぼえ給へる、かぎりなき色ごのみにて、ひろき家におほきやどもたてて、よき人ゝのむすめ、かたゞゝにすませて、すみ給ありけり‖。このぬし、あて宮をいかでとおぼすφ。ちゝおとゞ、よき御かなりφ。されど、おやにはきこえ給はで、あて宮にきこえ給べきことをおもひおはすφに、左大将殿の中将、このおほむつかさの中将也けり‖。

右大将、藤原兼雅の登場場面で、「けり」が1回用いられた後は、兼雅の動作を表す文は、「おもひおはす」の箇所をふくめ、φ文となっている。ところが、あて宮への仲介を頼む「中将」に関しては「けり」文が用いられる。

かくて、とうぐうの御いとこの平中納言ときこえて、いとかしこきあそび人・色ごのみにて、ありとしある女をば、みこたちをも、宮す所をも、の給ひふれぬなく、なだかきいろごのみにものし給けり。それも、このあて宮にきこえ給べきたよりをおもほすφに、ひやうゑのぞうの君なむ、かの殿にかよひ給ける。

中納言、平正明の登場場面で、「けり」が1回用いられた後、次の文の半ば、「おもほすに」の箇所に「けり（ける）」が用いられず、仲介を頼む「ひやうゑのぞうの君」に関しては「けり」文が用いられる用法は、前例と同じである。

さきの二人の求婚場面での登場に対し、次のような登場の仕方もある。

又、かくて、ゆふぐれにあめうちふりたるころ、なかじまに、水のたまりに、にほといふとりの、こゝろすごくなきたるをきゝ給て、侍従、あて宮の御方におはして、かくきこえ給φ。
「池水にたまもしづむは　にほ鳥の思ひあまれるなみだ成りけり
とは御らんずるや」ときこえ給へば、あやしうおぼして、いらへきこえ給はず。この侍従も、あやしきたはぶれ人にて、よろづの人の、「むこになり給へ」と、をさ〳〵きこえ給へども、さもものし給はず、このおなじはらに物し給あて宮にきこえつかむとおぼせど、あるまじきことなれば、たゞ、御ことをならはしたてまつり給ついでに、あそびなんどし給て、こなたにのみなん、つねに物し給ける。

あて宮と同腹の侍従、源仲澄が、求婚しようとする場面で本文中に波線で示したように「あるまじきことなれば」とことわりながら、求婚の態度を示す「つねに物し」の動作のところに「けり（ける）」が用いられている。

ところで、右の本文の直後に連続して、「絵解」（以下、便宜的にこの用語を使う）が、出てくるのである。

こゝは、大将殿の宮すみ給おとゞまち。いけひろく、せんざい・うゑ木おもしろく、おとゞも、らうどもおほかりφ。ざうしまち、しもやども、みなひはだ也φ。しんでんには、あて宮・こ宮たち、女御の君ばらのみこたち、合て七所、とし十三さいよりしもなりφ。ごたち、おとな卅ばかり、わらは六人、しもづかへ六人、めのとゞもなんどありφ。みな……わらは、あて宮の御人なりφ。にしのおとゞ、女御すみ給φ。しもづかへ・わらは・おとな、おなじかず也φ。うちより御ふみありφ。見給φ。ひんがしのたいには、女御の御はらのおとこみこたち、いとあまたおはすなりφ。みなごうちなどすφ。きたのおとゞは、宮・ちゝおとゞすみ給φ。おとゞ、うちへまゐり給とていそぐφ。（以下、略）

「絵解」はなお続くが、ここまでの顕著な表現として、「けり」文は全く見られないことと、——傍線を付した「おほかり」「あり」のような存在表現が目を惹くのである。これは、物語本文と比すると、「静止画」を言葉で描き上げたものと言えよう。あて宮たちの住む御殿を描く内容の「絵解」が、貴公子たちの求婚物語の直後に続き、あて宮にかしずく侍女などが人数まで示されているのは、まさに〝深窓の姫君〟であるあて宮を描き上げた見事な表現技法である。「絵解」「絵注釈」または「絵指示」（注4）として物語本文とは異質なものとする通説には疑問が持たれるのである。

二

貴公子たちの求婚物語の後に、上野宮・三春高基・滋野真菅のいわゆる三奇人が登場してくる。まず、上野宮の登場場面である。

かくて、又、かむづけの宮とて、ふるみこおはしましけり。そのみこは、物ひがみ給へるみこにて、おぼしけるほい、「たゞいまよにあるかんだちめ・みこたち、この殿のむこになるを、今、さぞ、我をもせん」とて、めをもおひはらひて、「いま、左大将の家にいきて、わがすめらんに、めすゐたらば、おもひうとみなむ」との給て、まちおはしますに、おひいで給まゝに、みな、こと人ゝにたてまつり給つ。

右では「けり（ける）」が、2回用いられ、正頼の娘に求婚する一人であることが示される。ところが、その願いが叶えられそうになくなるのである。「こと人ゝにたてまつり給つ」と文末に、――傍線を付した完了の助動詞「つ」が用いられている。これは正頼が、娘たちを次々と貴公子のもとに嫁がせる（当時としては、貴公子を婿にする）動作が遂行され終了するマーカーとしての働きをしているのである。この後から、「みこ（上野宮）」の過激なあて宮略奪作戦が始まる。

このみこ、よろづにおもほしさわぎて、おんみやうじ・かうなぎ・ばくち・京わらはべ・おうな・おきなめしあつめての給はく、ほに、「(前略) のこれる九にあたるなむ、よものくにきゝしに、かくばかりの人きこえず、この女なん、みゝにつく、こゝろにつく。しかあるに、ちゝ大将にこひ、さうじみにこふに、女も大将も、うけひかず。いかなる仏神に大ぐわんをたて、なでふことのたばかりをしてか、女のおもむくべき」との給ときに、ひえの山に、そうぢ院の十ぜんじなる大とくのいふやう、「かたきをえんずるやうは、ひえの中だうにじやうとうをたてまつり給、また、なら、はせの大ひさ、人のねがひみて給りう門・さかもと・つぼさか・とう大じ、かくのごとく、すべてほとけと申もの、つちをまろがして、これを仏といはゞ、御みあかしたてまつり、神みむには、天ぢくなりとも、おほみてぐらたてまつらせ給へ。百まんの神、七まん三千の仏に、御あかし・御てぐらたてまつり給はゞ、仏神おの〳〵よりきし給はん。天女と申とも、くだりましなむ。いはんや、さばのひとは、こくわうときこゆとも、おもむき給なんをや。又、やま〳〵・てら〴〵に、じきなくものなきおこなひ人を、くやうし給へ」ときこゆ。

みこ（上野宮）が、もろもろの人々を召し集めて、策を尋ねるのである。その言葉が……傍線を付した「の給はく」「の給」に挟まれて明確にされている。答えて大とく（大徳）の言う言葉は……傍線を付した「いふ」「きこゆ」に挟まれて、上野宮との身分差とともに明確にされているのであるが、その言葉に中に＝＝傍線を付した「ごとく」「ます（まし）」「いはんや……をや」のようないわゆる漢文訓読語が用いられていることに注意したい。国語学界の通説は、僧侶のような漢文訓読に通暁した者の言葉づかいと見るが、私見ではこれを採らない。このことについては、後の節で述べたい。

三

次には三春高基の登場場面を見る。

かくて、いやしき人のはらにむまれ給へるみかどの御こ、三春といふさうを給はりて、わかきときより、くにをゝさめ、くらゐまさり、としのたかくなるまで、めもまうけず、つかひ人もつかはぬ人ありφ。人のくにゝありし時は、ものくはせず、きぬもきぬ人をつかひて、みづからのれうには、三合のよねおろしてくひつゝ、ひとくにをさむるに、おほやけごとまたくなして、わたくしのかずおほくたくはふ。おほきなるくらは、ひとくにをさむるほどに、たからをつみて、むくにをさむるに、おほくのくらどもをたてゝをさむつれば、さい相にて左大弁かけつ。しばしあれば、ゑふかけたる中納言になりぬ。

冒頭文は「……つかはぬ人あり」と「けり」の付かない文（φ文）である。この理由として二つ考えられる。次の文が「ありし」と過去形で語られるので、それとの対比で現在形（φ文）になったことが一つ、二つは、ここでは、あて宮への求婚場面でないことである。後で述べるが、後者の理由が主であると考える。それと右の本文の末尾に「つ（つれ）」「ぬ」が用いられていることが注意される。上野宮の登場場面と同じく、ここまでの動作が遂行され終了したマーカーとして使われている。「絵解」の静止画的表現とは対蹠的な動画的表現であると言える。

さて、この三春高基の話の半ばに次のごとく、諸注で「絵解」とは見なされていないのに、「絵解」と同様の静止画的表現が出てくる。

すみ給所は、七条のおほぢのほどに、ふたまちの所、よおもてにくらたてならべたりφ。すみ給やは、みまのかやゝ。かたしはつち、あみたれしとみ。めぐりはひがき。ながや一、さぶらひ、こどねりどころ。てうたな・さかどのゝかたは、しとみのもとまで、はたけつくれりφ。殿の人、うへ・しも、すき・くはをとりて、はたけをつくるφ。おとゞ身づからつくらぬばかりなりφ。

「たり」「り」「なり」などの現在形による存在（存続）の表現が続く（「なり」は、「に」＋「あり」の融合と見なす）。この静止画表現に、次の動画的表現の本文が直接するのである。

かゝるを、ある人、「御しとみのもとまで、はたけつくられ、御まへちかきたいにて、かくせしめられたること、あるまじきことなり。このみくらひとつひらきて、きよらなるとの、かいつくらせ給へ。たからにはぬしよくとなむ申なる。あめのしたそしり申こと侍也」と申。

「絵解」と見なされる文は「ここは」「これは」から始まる静止画であるが、前掲の静止画的表現部分にはそれがない。しかし、ここの表現は通説の「絵解」としてもおかしくない。実はこのような静止画的表現から連続して動画的表現に移る例は、前章にも引用したが、『竹取物語』にも見られるのである。

かゝる程に、宵うち過ぎて、子の時ばかりに、家のあたり、昼の明かさにも過ぎて、光りたり。望月の明かさを、十合はせたるばかりにて、ある人の毛の穴さへ見ゆるほどなり。大空より、人、雲に乗りて降り来て、地より五尺ばかり上がりたる程に、立ち連ねたり。これを見て、内外なる人の心ども、物におそはるゝやうにて、会ひ戦はん心もなかりけり。からうじて思ひ起こして、弓矢をとりたてんとすれども、手に力もなくなりて、萎えかゝりたり。中に、心さかしき者、念じて射んとすれども、ほかざまへ行きければ、荒れも戦はで、心地たゞ痴れに痴れて、まもりあへり。

立てる人どもは、装束のきよらなること、物にも似ず。飛ぶ車一具したり。羅蓋さしたり。その中に、王とおぼしき人、家に、

「宮つこ麻呂、まうで来」

と言ふに、猛く思ひつる造麻呂も、物に酔ひたる心地して、うつぶしに伏せり。

かぐや姫の昇天の章段の一節に右のような静止画場面が現れる。かぐや姫が月の都の人で、月からの迎えがやってくると聞き及んだ帝が、二千人の官士を、翁の家につかわす。その日が来て、「子の時」の情景は、「大空より、人、雲に乗りて降り来て」のように、動画的表現を含みながら、次に静止画が描き出される。「会ひ戦はん心もなかりけり」は、それまでは合戦に高ぶっていた心が、消え失せた状況を描き、「念じて射んとすれども、ほかざまへ行きければ」は、動画ではあるが、「念じて射つれども」でないことに、注意したい。「射る」動作は描かれず、矢があらぬ方向に行く状況に焦点を当てた描写であろう。「王」の会話が出て来るのは、動画であるが、それを聴く「造麻呂」は静止画で描き出される。

この場面の後、王が翁に姫を出すように説得するが、翁が応じないので、動画場面に転じていくのである。その一節を次に引用しておく。

立て籠めたる所の戸、すなはち、たゞ開きに開きぬ。格子どもも、人はなくして開きぬ。女いだきてゐたるかぐや姫、外に出ぬ。

前掲の本文には「けり」が2回使われている点で、『うつほ物語』の「絵解」とは異なるが、昔物語の表現手法は、このように動画的表現の中に静止画的表現を交えながら展開されていくものであったのである。

四

さて、前掲の三春高基の登場場面は「けり」の用いられない「φ文」であったが「あて宮」への求婚物語に転ずると、

かくて、ありへ給に、このあて宮、御かたち、よろづの人きゝすぐし給はぬを、このおとゞ、かゝるみ心に、いかでとおぼしけれども、きこえ給たよりもなし。おもほしけるをり、「かの殿のきゝ給に、かゝるすまひせじ」とおぼして、四でうわたりに、大きなる殿かはれて、たからをつくしてつくる。

と、文末でなく、文中ではあるが「けり（けれ）（ける）」が、用いられるのである。また、前節の最初に引用しておいた高基の登場場面には「いやしき人のはらにむまれ給へるみかどの御こ」と一箇所に敬語「給ふ」が用いられてはいるが、その後は無敬語表現が続いていたのに対し、位

が上がるに従って、敬語が付きだし、右の本文では「給ふ」「み心」「おぼす」「おもほす」などの敬語表現が重ねられていることに注意したい。「あて宮」への求婚者の一人になったことが、「けり」と敬語で示されているのである。

しかるに、三奇人の最後に登場してくる滋野真菅の登場場面は次の通りである。

さい相さきのそつ、しげのゝますげといふさい相、年六十ばかりにて、こどもあるめ、みちにてうしなひて、のぼりきたりφ。あて宮をきゝつけて、いかでとおもふφ。ついでなくてえきこえぬを、そのわたりにすむおんな、かゝることをきゝて、いふほどに、「大将殿にこそ、君だちあまたおはすれ。みなみかたにとりし給へれど、いまひとはしらまします。」そち、「よろしきことなり。ちゝぬしにこひまつらんとおもふ。」ばうのたちはきなるみむすこのいらへ、「かの君は、宮よりもいとせちにめす。かんだちめ・みこたちもあまたきこえ給へど、たゞいまは、おもほしもさだめざめり。おのづから少将くはしきことはきこえ給てん。」ちゝぬしのいらへ、「かのちゝぬしは、もの……いさぶらふべきとせざりしぬしぞ。されば、せしめぬなり。ますげらがせうもちおくらしめて、ちゆうばいにわきざしらうちして、こはしめむ。おしくのみかたははつすとも、えかねてんやは。」

φ文で登場し、敬語も使われない。しかもその言葉の中には「まつる（まつら）」「しむ（しめ）」などの漢文訓読語が出てくる。

一体、昔物語の登場人物のセリフに漢文訓読語が出てくるのはなぜか。前章でも私見を述べたが、ここでは、滋野真菅がこの後にもしきりに用いる「しむ」について、『源氏物語』の用例を挙げてその用法を検討してみる。本文は「新 日本古典文学大系」による。

1．手はいとあしうて、歌は、わざとがましくひき放ちてぞ書きたる。

君にとてあまたの春をつみしかば常は忘れぬ初蕨なり

御前に詠み申さしめ給へ。

とあり。（早蕨）

2．「（略）用意して候へ、便なき事もあらば、重く勘当せしめ給べきよしなん仰事侍つれば、いかなる仰せ事にかと恐れ申はんべる」（浮舟）

3．「（略）猶この領じたりける物の身に離れぬ心ちなむする、このあしきものの妨げをのがれて、後の世を思はんなど、かなしげにの給ふことどものはべりしかば、ほうしにては、勧め

も申つべきことにこそはとて、まことに出家せしめたてまつりてしになむ侍る。（略）」（夢浮橋）

『源氏物語』の「しむ」は、3例で消息文と会話文に表れる。1．は、阿闍梨が、中君に送った消息文の用例で、末尾の「しむ（しめ）」を含む文は、取り次ぎの女房に依頼した言葉である。2．は、薫の荘園を管理する内舎人が浮舟の侍女の右近や乳母に言う言葉で、「しむ（しめ）」の他に「恐る（恐れ）」も漢文訓読語とされる語である。3．は、横川僧都が、薫に浮舟の出家をさせた事情を述べる言葉で「しむ（しめ）」を用いている。1．3．は、僧侶が漢文訓読に通暁していたために用いたとされるが、2．の用法には疑いが残る。

『源氏物語』の上に挙げた例は、恋愛物語中に登場する脇役であり、端役とも言える人物のセリフとして共通している。

前章に述べた通り、『竹取物語』では五人の求婚者の言葉には極一部の語を除けば、漢文訓読語を用いさせず、竹取翁は別として、端役に相当する人物たちに漢文訓読語を用いさせている。『うつほ物語』では、二の上野宮のあて宮略奪作戦に策を提供する大徳のセリフも、端役のものとみると、滋野真菅の特殊なセリフを解く鍵が見つかるように思う。

真菅は、「あて宮」巻にも登場する。あて宮が、春宮に入内したと聞いて、怒り狂う場面である。

治部卿のぬし、家のうちゆすりみちて、いかりはらだちていふほに、「いかでか、天下に国王・大臣にもいますがれども、もろ人のきざしおきて、えにの事に、家をつくり、ねやをたてゝ、日をまつほど、かくはせさせたまふべき。ますげ、つたなき身にはありとも、おのがめがねを人にほらせしめてはありなんや。まつりごとかしこきよに、うれへたてまつらん」とて、うれへぶみをつくりて、ふんばさみにはさみて、いでたち給。

和政少将を始め、子どもたちは必死で止めるが、真菅の怒りは治まらない。

治部卿のぬし、たちをぬきかけて、「なんぢらがくび、たゞいまとりて。なんぢは、わがかたきとする大臣のかたによりて、はからしむるやつなり」といひて、

と、あった後に、「うれへぶみ」を帝の前に差し出すのである。物語本文はその訴状を、

　　ふみを見給に、いふかぎりなくさがなきことをつくれり。

と書いている。「さがなきこと」とは、内容もさることながら、訴状の言葉づかいをも含んでいるのではないか。前掲の『源氏物語』の内舎人のような、恋愛物語の中で、およそ求婚とは無縁の人物に「しむ」を使わせた用法と共通点が存するのである。

五

真菅のセリフには「しむ」に止まらず、「そもそも」「きたる」のような接続詞・動詞に属する漢文訓読語も用いられている。

　「そも〳〵、このみそうじみはいかにぞ。御つかひ、あしたにたうびつるは、……を、まぼりものたてまたせん」

右の例は、あて宮に仕える老侍女とのもりに言うセリフに用いられており、身分としては高位の者から下位の者に向かって用いられてはいるが、老侍女の背後にいるあて宮を意識してのセリフである。

　「はやきたれ」

この例の聞き手の老女は、あて宮に仕える女ではなく、あて宮の侍女をよく知っている女である。そこで真菅はこの老女にあて宮の文の取り次ぎを命じて、上位者の立場から強い口調の「きたれ（る）」を用いたと解される。

前節の「しむ」やここに挙げた漢文訓読語は、あて宮のような高貴な女性に恋する男には、相応しくないセリフとして、物語作者によって選ばれた用語ではあるが、この時代の日常的用語の反映と考えるとこれも表現技法の一つとは言え、日本語史の中で注目する価値のあるものであろう。

六

かつての論で、曖昧な結論にならざるを得なかったのは、「絵解」に「会話文」が出てくることによる。「藤原の君」巻の例は次の通りである。真菅の邸宅を描写した静止画表現が続き、終わりにセリフが出てくる。

こゝは、そち殿。ひはだや・みくらどもありφ。ぬしのみこども、右近の少将、もくのすけ、くら人とかけたる式部のじやう、ばうのたちはき、ならびゐたりφ。むすめ三人、ごたち廿人ばかりありφ。ぬしものまゐるφ。だい二よろひ、ひそくのつきども。むすめども、すのだい、かねのつきとりて、まうのぼるφ。をのこども、すのだい、かなまりして、ものくふφ。づしども、すきばこ・ゑぶくろおきて、をのこどもゐなみて、色なるむすめどもゐなみて、あや・うす物・かとりえるφ。ぬし、「大将どの、ものいりげなる殿なめり。しろきよね二百石がけんつくらせよ」とのたまふφ。

こゝは、ぬしのみこども、をとこ・女、つどひてものがたりすφ。つくしぶねのつかへ人もきたりφ。「三百石のよねはきにたり。いまかたへはこそ」といふφ。

この「絵解」に二つの会話文が出てくるが、静止画的表現の枠を大きくはみ出すものではなかろう。「ぬし（真菅）」が、「大将どの（正頼）」に取り入って、あて宮を得ようとするセリフであり、それに答える使用人のセリフが続く。ここの「絵解」は、何としても、あて宮を我が物にしたいと願う真菅の物語を、その動画的表現である本文とは少しく角度を変え、静止画的表現をも用いることによって描き上げようとする物語作者の苦心の技法であり、それは同じ求婚物語でもあった『竹取物語』にも前掲の本文のように、類似するところの指摘できる昔物語特有の表現技法であったと考えられるのである。

（注1）「『うつほ物語』本文と『源氏物語』本文―絵解と絵巻詞書との対比を通して―」（「山口国文」第二一号〈一九九八年〉）

（注2）小峯和明「〈絵解き〉をどうみるか」（「国文学」第四三巻二号〈一九九八年〉）

（注3）井島正博「中古和文の時制と語り―「今は昔」の解釈に及ぶ―」（「日本語学」第二四巻一号〈二〇〇五年〉）では、「今は昔」の諸解釈を二つに整理し、《「今」は発話時現在で「昔」は物語時現在を指すとする説を、対立説》《「今」は物語時現在で「昔」と同じ時間を指すとする説を、一致説》としている。この分類では筆者の考えは後者になるが、少し異なるところもある。

（注4）中野幸一校注『新編日本古典文学全集　うつほ物語3』〈二〇〇二年〉の「解説」で《絵を描かせるための指示書き》とする説を新しい考え方として、「絵指示」を「絵解」に代わるマーカーとして、『新編』の本文中に記載している。中野説は「解説」という性格の文章であるため、詳しい考察は省略されているので、真意は測りがたい。しかし「草本中に絵を挿入する為の指示」とする説は、夙に武田宗俊「宇津保物語の絵詞及年立に就いて」（「国語国文」第二一巻第二号〈一九五二年〉）が提唱しているものであり（ただし、武田説は、「絵解」を物語作者とは別の後人の筆になるとする）、河野多麻「絵巻と絵詞と絵解」（「文学」第二一巻四号〈一九五三年〉）で批判され、明確に否定されている説である。また、河野説の考察は多角的で、「絵解」は素人絵としての女絵では描ききれなかった部分の絵の補足の文章もあったとしている。本章で引用した「絵解」も、そのように考えられている。しかし、この説には、笹淵友一「宇津保物語の「絵詞」（『宇津保物語新論』〈一九五八年〉所収）が、「素人絵としての女絵」とする前提に問題を含むと批判している。

第三章　『源氏物語』の動画的表現と役柄語

I.　桐壺巻の冒頭の語りと動画的表現

一

いづれの御時にか、女御、更衣あまたさぶらひ給ひける中に、いとやんごとなき際にはあらぬがすぐれてときめき給ふ有りけり。（『新　日本古典文学大系』による。以下、同じ）

冒頭句は、第一章で述べた『竹取物語』と類似して、文中に「ける」、文末に「けり」が用いられる。相違するところは、「今は昔」でなく、「いづれの（帝）の御時にか」で、この物語がある時代の宮廷を舞台とすることを設定している。「いとやんごとなき際にはあらぬがすぐれてときめき給ふ」は、役者の紹介で、「有りけり。」は、その登場を表す語りの常套句である。

右の本文に続いて、

はじめより我はと思ひ上がりたまへる御方〴〵、めざましき物におとしめそねみ給ふφ。同じ程、それよりげらうの更衣たちはまして安からずφ。

では、「けり」が削除されてたφ文で表現されるのは、『竹取物語』・『うつほ物語』藤原君巻のそれと、同じ表現技法である。そこで、会話文もしくは心理文を除けて、語り（地の文）に「けり」の用いられたところを見ていくと、

父の大納言は亡く成て、母北の方なんいにしへの人のよしあるにて、親うち具しさしあたりて世のおぼえ花やかなる御方〴〵にもいたうおとらず、何事の儀式をももてなし給ひけれど、

一の御子は右大臣の女御の御腹にて、寄せ重く、疑ひなき儲の君と世にもてかしづききこゆれど、この御にほひには並びたまふべくもあらざりければ、おほかたのやむごとなき御思ひにて、

とある。前者は「母北の方」、後者は「一の御子」の初登場場面で、二例とも文中ではあるが「けり」が用いられている。このような「けり」の用法は、前章の『うつほ物語』藤原の君巻に見られた。

（桐壺帝ハ）この御方の諫めをのみぞ猶わづらはしう心ぐるしう思ひきこえさせたまひける。

帝は既に右の文の以前に登場しており、ここの「けり」は、ここでの小段落のマーカーとして用いられたものと考えられる。『竹取物語』に見られた用法と同じと考えられる。

二

これに続く本文は、φ文で、桐壺更衣が、帝の寵愛に必死に応えようとするが、それを嫉妬する女御更衣らの熾烈な行為が動画的表現で描かれている。

参うのぼり給ふにも、あまりうちしきる折〳〵は、打橋、渡殿のこゝかしこの道にあやしき態をしつゝ、御送り迎への人の衣の裾耐へがたくまさなきこともあり。またある時にはえさらぬ馬道の戸をさしこめ、こなたかなた心を合はせてはしたなめわづらはせ給ふときも多かり。

複合（派生）動詞の「参うのぼり（る）」「うちしきる」「さしこめ（む）」「はしたなめわづらはせ（す）」は、いずれも桐壺更衣と女御・更衣の目に映る動作として用いられている。

右の中で、前項が意味の形式化した接頭語とも見做されがちな「うちしきる」を単純動詞の「しきる」と対比してみる。

あやしう夜深き御ありきを、人ゝ「見苦しきわざかな。このごろ例よりも静心なき御忍びありきのしきる中にも、昨日の御けしきのいとなやましうおぼしたりしに、いかでかくたどりありき給ふらん」と嘆きあへり。（夕顔）

宮もなをいと心うき身なりけりとおぼし嘆くに、なやましさもまさり給ひて、とくまひり給べき御使しきれど、おぼしも立たず。（若紫）

「しきる」は、〈度重ナル〉動作の表現にとどまっているが、それに「うち」が冠せられることにより、その動作の発生が明示され、先行する「参うのぼる」動作が、繰り返されるものとして、描き出される表現となる。

また、後続の「さしこむ」は、「(戸ヲ)鎖し(更衣ヲ中ニ)込める」動作を表す。

限りあれば、さのみもえとゞめさせ給はず。御覧じだに送らぬおぼつかなさを言ふ方なくおぼさる。いとにほひやかにうつくしげなる人の、いたう面痩せて、いとあはれと物を思ひしみながら、言に出でても聞こえやらず、あるかなきかに消え入りつゝものし給ふを御覧ずるに、来し方行末をおぼしめされず。よろづのことを泣く〳〵契のたまはすれど、御いらへもえ聞こえ給はず、まみなどもたゆげにて、いとゞなよ〳〵と我かのけしきにて臥したれば、いかさまにかとおぼしめしまどはる。

「御覧じだに送らぬ」は、「御覧じ送る」動作を行い得ないということを述べるものであるが、この一句は、帝の心のうちの焦燥感を「せめて里に下がる更衣を何としても見送りたいが(至尊の身ゆえ)叶わない」と真に迫って描いたものと考える。続いて、桐壺更衣の動作が「思ひしみ(む)」「きこえやら(る)」「消え入り(る)」が、帝の目に映ずるものであるがゆえに、無敬語による動画的表現で描かれる。そして、再び語り手の視点に戻って帝の動作を「契のたまはすれ（す）」「おぼしめしまどはる」と最高敬語で描き上げていく。

さて、冒頭の語りと関連して、巻末の語りに触れておかねばなるまい。桐壺巻の最後は、

光君と言名は高麗人のめできこえてつけたてまつりける、とぞ言ひつたへたるとなむ。

とあり、第一章で述べた『竹取物語』と巻末の表現、「その煙、いまだ雲のなかへたち昇るとぞ、言ひつたへたる。」と傍線部で一致しているが、桐壺巻では、その後に「となむ」とある点で相違する。桐壺巻に続く帚木巻での巻末は「つれなき人よりは中〳〵あはれにおぼさるとぞ。」と、「とぞ」で終わっている。この終わりを同種のものと見るなら、『竹取物語』とは相違し、桐壺巻・帚木巻は、『源氏物語』の一部分であり、更に次へ語り続けられることを表す技法と捉えられよう。

Ⅱ．少女巻の役柄語をめぐって

字つくることは、東の院にてしたまふ。東の対をしつらはれたり。上達部、殿上人、めづらしくいぶかしきことにして、我も〳〵と集ひまいり給へり。博士どもも、中〳〵臆しぬべし。

夕霧の大学進学の儀式で、「字つくる」儀の場面は、右のように「東の院」に舞台が設定され、登場人物「上達部、殿上人」の紹介がなされる。「博士」の登場は、分かり切ったこととして殊更に書かれず、「臆しぬべし」と語り手のコメントがなされる。

右大将、民部卿などの、おほな〳〵土器取り給へるを、あさましく咎め出でつゝをろす。「おほし垣下あるじ、はなはだ非常に侍りたうぶ。かくばかりのしるしとあるなにがしを知らずしてや、おほやけに仕うまつりたうぶ。はなはだおこなり」など言ふに、人〳〵みなほころびて笑ひぬれば、また、「鳴り高し。鳴りやまむ。はなはだ非常也。座を退きて立ちたうびなん」など、をどし言ふもおかし。

この一節の博士のセリフ中で繰り返される「はなはだ」は、「おほし」「非常に」とともに「漢文訓読調で、儒者らしい言いまわし」（「新日本古典文学大系」脚注）と説明され、管見では、他の注釈類もほぼ同じであるが、『土左日記』『うつほ物語』の会話文に用いられる「はなはだ」の用法との関わりを考えたい。

○（楫取）「けふ、かぜくものけしきはなはだあし」（『土左日記』二月四日）
（「日本古典文学大系」による。）

楫取のような身分の低い者が「漢文訓読語」を用いていることについては、夙に遠藤邦基「貫之の「文体と表現意識」―土左日記の文章を通して―」（『京都大学五十周年記念論集』〈一九五六年〉で、種々検討され、知識階層でないもののセリフに訓読語が用いられているのは、楫取の場合はその「権威」や「をかしさ」を意図したものであると見た。しかし、訓読語は知識階層の用語とすることの前提自体を疑ってみる必要がある。第一章で指摘した通り、『竹取物語』では、身分の低い者のセリフに漢文訓読語が用いられている。『土左日記』の楫取のセリフの「はなはだ」もそのような観点から検討し直してみなければならない。『うつほ物語』では、「はなはだ」

は、15例全て会話文に用いられている。（『新編日本古典文学全集』による。）

そのうちの2例を挙げる。

○（正頼→東宮）「はなはだかしこし。例もわづらひはべる脚病の発動しはべりて、久しう内裏にも参らずはべりつるを、（略）」とて、（菊の宴）

○（正頼→東宮）「はなはだ尊き仰せなり。いと小さくなむ侍るめる。少し人とならばさぶらはせむ」と申したまふ。宮（東宮）、「いとうれしきことなり。（略）」（嵯峨の院）

『うつほ物語』の15例中の14例までが、上掲のように「はなはだかしこし」と用いられ、一種の謙譲を表す挨拶語として用いられている。その中で注目すべきは、次の用法である。

この例では、臣下の正頼が東宮に言うセリフの冒頭で、畏まっていう言葉として「はなはだ」が用いられている解すべきではないか。「はなはだ」が、単なる〈極メテ・大変〉のような程度の高いことを表す語であったのではなく、卑下謙遜の気持ちが含まれていると考えられるのではないか。そう考えれば、正頼が、続けて言う「いと小さくなむ侍るめる。」の「いと」とは明らかに異なることが分かる。また、それに応ずる東宮のセリフのなかにも「いと」とあって、「はなはだ」は、用いられていないことの理由づけができる。

このようなことに留意すると、『土左日記』の楫取のセリフの「はなはだ」も、身分の低い者が日常的に用いる語でありながら、貫之らに対し、一定の畏まりの気持ち込めて使ったものという見方も可能性があろう。これに続く地の文で作者（貫之）は罵って言う「しかれども、ひねもすになみかぜたゝず。このかぢとりは、ひもえはからぬかたゐなりけり。」と。身分は低くとも、航海にかけてはプロである楫取へのいらだちが直截に述べられている。

「はなはだ」をこのように身分の下位の者が、上位者に対して謙譲の気持ちを込めて申し上げる性格の語であったと考えられるなら、この節で取り上げた博士の用語も、漢文訓読語を用いたとするのではなく、高貴の人々を前に、畏まった表現をしたと見るのが適切ではなかろうか。また、博士のセリフ中の「はなはだ非常に侍りたうぶ」の「侍りたうぶ」については、杉崎一雄『平安時代敬語法の研究―「かしこまりの語法」とその周辺―』〈一九八八年〉の第六章・第七章に詳述されている。その第七章の一節に〈「『侍りたうぶ』という表現は、直接の話し相手はとにかくとして、貴人・尊者の御前で用いる、四角ばったことばづかいの一つ」であるというようにその場面を捉えなければならない。」〉と説明がなされる。「はなはだ」が、身分の低い者が日常的に用いる語であるとする私見と「侍りたうぶ」に関する杉崎説は、一見相容れない見解のようであるが、このある種のミスマッチは、少女巻の博士の役柄語が、物語に登場する多彩な人物のキャラを場面に応じて演出していく物語作者の意図によるものとして捉えたい。

いわゆる漢文訓読語は、男性のセリフにのみ表れるものではない。序では、近江の君のセリフに表れたものを挙げた。次は老女が、「もはら」を用いたセリフの例である。

○（母尼）「（略）こゝに月ごろ物し給める姫君、かたちいとけうらに物し給めれど、もはら、かやうなるあだわざなどし給はず、埋もれてなん物し給める」と我かしこにうちあざ笑ひて語るを、（手習）

右の「母尼」は、横川の僧都の母で、引用の会話中の「姫君」は、浮舟である。老女のセリフに用いたものであるが、『源氏物語』中の他の四例は、律師（夕霧巻）・左近少将（東屋巻）・仲人（東屋巻）・常陸介（東屋巻）であるので、「新日本古典文学大系」はここの脚注で、「男性用語」とするが、この四人に共通するのは、〝身分のそれほど高くないもの〟ということである。

従って「男性用語」ではなく、右の母尼も含め、身分の高くない登場人物を示すキャラ語とすべきではないか。

「もはら」は、『落窪物語』の北の方（継母）のセリフに次のように用いられている。

○（継母→落窪姫）「まづ外の物をし給ひて、こゝのをおろかに思ひ給へる。もはらかくておはするに、かひなし。あな、しら〳〵しの世や」（巻一）

（「日本古典文学大系」による。以下同じ）

○（北の方〈継母〉→夫〈大納言〉）「（略）子供をこそ我に孝する事なかりきとて思し捨てめ、世の人の親は、もはら幸なきをなん、なからむ時にいかにせんとは思ふなる。（略）」（巻四）

この「もはら」は同じ人物が、前者では継母として、後者では北の方として発したセリフである。母が娘に言っているセリフは、女王腹の落窪姫へのものと見ると、上位者からのセリフとも判断できない一種の屈折した妬みの「もはら」の使用であり、後者は夫に対してのものであるから、下位者から上位者へのセリフということにはなろう。この物語では北の方（継母）は、徹底的な悪役を演じている。「（姫への）苛酷な労働の強制、性的暴行未遂、監禁と言うすさまじさ、

（略）ラストで反省して善人になったりせず、みなが仲良くなって大団円にむかっても、一人で憎まれ口を叩くあたり、現実味があって苦笑いした。」（松本侑子「三人三様の女たち、継母、姫、あこぎ」〈「新編古典文学全集」月報65より〉は、この物語の読みの深さを感ぜしめる。「もはら」は、継母のキャラを表す語としてよかろう。

第四章　『源氏物語』と『源氏物語絵巻詞書』の表現技法の差異

――『詞書』柏木（二）について――

『源氏物語』の表現技法には、登場人物の身の動き（仕草）や心理の変化を微細に描き上げる「細描の技法」と、場面からして必然的に分かることは描かない「省筆の技法」等があり、それが敬語表現とも重層して、言葉が描く映像の世界が構築されている。一方、『源氏物語絵巻詞書』は、絵の説明又は絵を賞美する際の補助のようなものであったと推測される。また、『詞書』は、専門家の説を参照すると、十二世紀前半に書かれたもので、『源氏物語』の最古の書写本とも言われるが、その実体はどのようなものか。『詞書』柏木巻（二）は、他の巻のものと比較して長文のものであり、対応部分の『源氏物語』の本文には青表紙本系の定家本があって、上記の差異を検討する上で適していると考えられる。差異を明確にするために、「本文」については、定家本本文の仮名表記を、適宜漢字に改めるほか、句読点・濁点・引用符等を施す。「詞書」は表記は改めず、句読点・濁点・引用符を施す。以下、説明の必要上それぞれを、①〜⑬に分けてコメントする。

『源氏物語本文（青表紙本系定家本）』と『源氏物語絵巻詞書』　□内が、絵巻詞書

柏木（二）

①大将の君、常にいと深う思嘆きとぶらひきこえ給。御よろこびにも、まづまうでたまへり。このおはする対のほとり、こなたの御門は、馬、車立ち込み、人さわがしうさはぎ満ちたり。

①大将のきみは、つねにとぶらひきこえたまふ。おほむよろこびに、まうでたまへり。おはするたいのほどよりこなたのみかどには、むま、くるま、たちこみてさはぎたり。

本文の、「いと深う思嘆き」「も」「まづ」「この」「人さわがしう」が、詞書には無い。「いと深う思嘆き」で、夕霧の、柏木の病の重いことに心痛する心理動作が描かれ、「も」「まづ」によって、柏木の昇進にも他の人より先に訪問する、という具体動作が描き加えられる。「この」の

「こ」は、柏木を明示し、「人さわがしう」は、大勢の見舞い客のあることを描いている。

② ことしとなりては、起き上がる事もおさ〳〵し給はねば、おも〳〵しき御さまに、乱れながらはえ対面し給はで、思つゝよはりぬること、ゝ思ふにくちおしければ、

② ことしとなりては、おきあがることもをさ〳〵したまはねば、みだれながらえたいめしたまはじとおぼして、

本文の、「思つゝよはりぬること、ゝ思ふにくちおしければ」は、諸注は柏木の心中を述べたものとするが、なぜそうなるのか。それは、そこまで柏木の動作に「給ふ」を付けてきたが、この一節で「思ふ」と無敬語表現にすることにより、語り手がその定位置を離れ、柏木の立ち位置に移動して、「夕霧にこのままでは対面できないが、そう思いながら体が弱って、会えなくなってしまうのは無念だ」と、心中を描き上げるのである。詞書の「おぼして」は、地の文の表現で、先行句の「たいめしたまはじと」では、後続③（柏木が夕霧にいうセリフ）に続かない。

③　(柏木)「なをこなたに入らせたまへ。いとらうがはしきさまに侍る罪は、おのづからおぼしゆるされなむ」とて、臥し給へる枕上の方に、僧などしばし出だし給て入れ奉り給。

③　「なをこなたにいらせたまへ。いとらがはしきさまにはべるつみは、おのづらおぼしゆるしてむ」とて、ふしたまへるまくらがみのかたにそうなどいだしていれたてまつりたまふ。

本文「らうがはしき」と詞書「らがはしき」は、後者が「う」を脱落したもの。「ゆるされなむ」と「ゆるしてむ」とでは、意味に相違がある。本文「ゆるされなむ」の「れ(る)」は、先行句「おのづから」と呼応して〈病ゆえ自ずとゆるされよう〉ぐらいの意になるのに対し、詞書「ゆるしてむ」では、〈病ゆえゆるすように〉となり、やや命令口調に近くなる。そのほか、本文には「出だし給」と、柏木に対する尊敬語があるが、詞書では省略(脱落)している。

④　早うより、いさゝか隔て給ことなうむつびかはし給御中なれば、別れむことのかなしう恋しかるべき嘆き、親はらからの御思ひにもをとらず、けふはよろこびとて心ちよげならましを、と思ふに、いとくちおしうかひなし。

④

はやうよりいさゝかへだてたてまつるふしなくきこえかはしむつびならひつるおほむなかなれば、かなしくこひしかるべきなげき、おやはらからにおとらずおぼしたりければよろこびとて心ちよげならましと、おもふもいとくちをしくかひなし。

本文「親はらからの御思ひにもをとらず」は、前述の②と同じく、語り手がここでは、夕霧の立ち位置に移動して、夕霧の心中を描いている。後続の「思ふに」が無敬語表現になっているのもそのためである。また、「親はらからの御思ひ」の「御」は、夕霧の「親はらから」への尊敬表現であるが、語り手はその夕霧の思いを精確に捉えている。詞書では「おやはらからにおとらずおぼし」となっており、単純な地の文の表現であるが、後続句は本文とほぼ同じ無敬語表現であり、精緻さに欠ける。

⑤　(夕霧)「などかく頼もしげなくはなり給にける。けふはかゝる御よろこびに、いさゝかすくよかにもやとこそ思侍つれ」とて、木丁のつま引き上げ給へれば、(柏木)「いとくちおしう、その人にもあらずなりにて侍りや」とて、烏帽子ばかり押し入れて、すこし起き上がらむとし

給へど、いと苦しげなり。

⑤

「などかくかひなくはなりたまへる。けふはかゝる御よろこびに、いさゝかすくよかにとこそおもひはべりつれ」とて、き丁のかたびらひきあげたまへれば、「いとくちをしく、その人にもあらずなりはべりにたりや」とてえぼうしばかりひきいれておきあがらむとしたまへど、いとくるしげなり。

本文の「ける（り）」「もや」は詠嘆・疑問など、夕霧のセリフ中で、夕霧の気持ちを表す用語であるが、詞書では使われていない。次に本文では「つま」が、詞書で「かたびら（帷子）」とあるが、「つま（褄）」は「帷子の褄」をいうのであるから、本文は分かっていることは省き、かつ、詳細に夕霧の動作に関わる事柄を描いていると言える。次に、本文の「（烏帽子ばかり）押し入れて」と詞書の「（えぼしばかり）ひきいれて」の「押し」と「引き」の違いは、同時代の『枕草子』には、「烏帽子の押し入れたるけしきもしどけなく見ゆ」（新編日本古典文学全集18　八四頁）とあり、本文の用法と同じである。『大成校異篇』によれば、青表紙系本・河内本系ともに「おしいれて」であるのに対し、別本の国冬本に「ひきいれて」とある。また、『栄花物語』の巻第八「はつはな」に、「御烏帽子引き入れて臥したまへり」（新編日本古典文学全集31 四五三頁）とある。『栄花物語』の成立年次からすれば、詞書・国冬本等の「ひきいれて」は、やや時代の下がった用法か、と推測される。これに続く本文には「すこし」があって「起き上がら（む）」とする柏木の動作を限定的に描き上げる。

⑥ 白き衣どもの、なつかしうなよゝかなるをあまた重ねて、衾引きかけて臥し給へり。御座のあたり物きよげに、けはひかうばしう、心にくゝぞ住みなし給へる、うちとげながら用意ありと見ゆ。

⑥ しろきゝぬどものなつかしきあまたかさねて、ふすまひきかけて。おましのあたりいときよげに、けはひかうばしく、こゝろにくゝすみなしたまへる、うちとけながらよういありとみゆ。

本文の「なよゝかなる（を）」「臥し給へり」「ぞ」は、詞書の方には無い。「なよゝかなる（を）」は、「白き衣ども」の描写であり、「臥し給へり」は柏木の動作であることは言うまでもないが、後者が詞書に無いのは絵を見れば分かるからであろう。しかし「なよゝかなる（を）」は、絵を見て分かるとは思えない。「ぞ」は、そこまでの叙述の強調であり、語りの口調にふさわしい。本文の「物きよげに」、詞書の「いときよげに」は、後者の方が理解しやすいが、これは⑤で参照した別本の国冬本が、この箇所「いとものきよげに」とあり、その「もの」を理解しにくいとして削除したのが詞書のものではなかろうか。

⑦　をもくわづらひたる人は、をのづから髪髭も乱れ、ものむつかしきけはひも添ふわざなるを、痩せさらぼひたるしも、いよ〳〵白うあてなるさまして、枕をそばだてゝものなど聞こえ給けはひ、いとよはげに息も絶えつゝあはれげなり。

⑦　おもくわづらひたる人は、ひごろかさなるまゝにはかみひげもみだれ、ものむつかしう、けはひかはるわざなるを、いよ〳〵やせさらぼひたまへるしも、しろくものきよげになるさまして、まくらをそばだてゝ、ふしたまへり。

先行の⑤の末尾あたりより、夕霧の視点から柏木の様子が描写なされており、ここの本文「をのづから」「(けはひも)添ふ」は、詞書の「ひごろかさなるまゝには」「(けはひ)かはる」の、説明的な書き方とは異なる表現技法と見られる。「ものなど聞こえ給けはひ、いとよはげに息も絶えつゝあはれげなり」は、同じく夕霧の視点から詳細な描写であって、詞書の「ふしたまへり」という単純な説明とは大きく相違している。

⑧ (夕霧)「久しうわづらひ給へるほどよりは、ことにいたうも損はれ給はざりけり。つねの御かたちよりも、中〳〵まさりてなむ見え給」との給ふものから、涙をしのごひて、(夕霧)「をくれ先立つ隔てなくとこそ契りきこえしか。いみじうもあるかな。この御心ちのさまを、何事にて重り給ふとだにえ聞きわき侍らず。かく親しきほどながら、おぼつかなくのみ」などの給に、

⑧ 「ひさしくわづらひたまひつるほどよりは、そこなはれたまはざりけり。つねの御かたちよりは、なか〳〵まさりてぞものしたまふ」ものから、なみだおとして、「おくれさきだつへだてもなくとこそおもひしにいみじくもあるかな。この御こゝちのさまこそ、なにご

とゝわきはべらず、かくしたしきながらおぼつかなくなむ」とのたまふに、ものいはむとはおぼしたれど、いとよはげにいきもつきたまはず。

本文の「ことにいたうも」「なむ」は、夕霧の柏木へのセリフである。詞書には、「ことにいたうも」は無く、「なむ」は、「ぞ」となっている。本文の方が、丁重な言い方である。本文の「との給ふ」が詞書に無いのは、脱落である。詞書の「(なみだ)おとして」に対し、本文は「(涙)をしのごひて」とある。「涙をおとす」動作は分かりきったこととして表現せず「をしのごふ」を用いて夕霧の仕草を活写しているのである。本文の「契りきこえしか」は夕霧のセリフであるが、詞書では「おもひしに」とある。詞書では、夕霧の一方的な(心理)動作になる。更に本文では、夕霧のセリフ「(何事にて)重り給ふとだにえ聞きわき」が、詞書で「(なにごとゝ)わき」となっており、大きな脱落と見做される。

しかも、詞書は「のたまふに」に続けて「ものいはむとはおぼしたれど、いとよはげにいきもつきたまはず」とある。「のたまふに」と「ものいはむとおぼしたれど……」は、明らかに矛盾した内容で、この一文は衍字と見てよいのではないか。この部分は別本の国冬本にほぼ一致し、定家本の本文の評価されるところである。

⑨（柏木）「心にはをもくなるけぢめもおぼえ侍らず、そこ所と苦しきこともなければ、たちまちにかうも思給へざりしほどに、月日も経でよはり侍にければ、いまはうつし心も失せたるやうになん。おしげなき身をさま〴〵に引きとゞめらるゝ祈り、願などの力にや、さすがにかゝづらふも、中〳〵苦しう侍れば、心もてなむ急ぎ立つ心ちし侍る。さるは、この世の別れ、避りがたきことはいと多うなむ。

⑨

「こゝろにはおもくなるけぢめもおぼえはべらず。そことこゝろとくるしきこともなければ、たちまちにかくしもおもひはべらざりしを、つきひをへでよはりはべりにければ、いまはうつしごゝろもうせにたるやうにて、おしげなき身をさま〴〵ひきとゞめらるゝこゝちしてはべる。ことよのわかれさりがたきことさま〴〵になむ。

この箇所では、本文「思ひ給へ（ふ）」が、詞書では「おもひはべら（る）」になっていることが、注意される。次の⑩⑪と合わせて⑫コメントする。

⑩親にも仕うまつりさして、いまさらに御心どもをなやまし、君に仕うまつることも中ばのほどにて、身をかへりみる方はた、ましてはかぐ〵しからぬうらみをとゞめつる、大方の嘆きをばさる物にて、又心のうちに思給へ乱るゝ事の侍を、かゝるいまはのきざみにて、何かは漏らすべきと思侍れど、なを忍びがたきことをたれにかは愁へ侍らむ。

⑩

おやにもつかうまつりさして、いまさらにおほむこゝろをなやまし、きみにつかうまつるもなかばのほどにみをわたるかたは、ましてはかぐ〵しからぬうらみをとゞめつる、おほかたのなげきをばさるものにて、こゝろのうちにおもひみだるゝことのしげくはべるを、かゝるいまはのきざみに、なにかはもらすべきとおもひはべれども、なをしのびがたきことはたれにかはうれへはべらむ。

本文「御心ども」、詞書「おほむこゝろ」は、前者が複数の「ども」で、「両親」を表しており、詞書は表現不足である。「(身を) かへりみる方」と「(みを) わたる (かた)」でも、詞書は解しにくい。「わたる」は〈過ごす〉の意と解されなくもないが、見つかりにくい用語である。なお、これまでの箇所でも参照した別本の国冬本では「たつる」となっており、この用語も説明が必要であるが、ここでは詞書は国冬本とも違っていることを言うにとどめる。本文で「思給へ」とあるところが、詞書では「たまへ」が無く、本文の「侍」を「しげくはべる」としている。「思(ひ)給へ」は、次の⑪⑫の本文にも使われているので、⑫でコメントする。

⑪　これかれあまたものすれど、さま〴〵なることにて、さらにかすめ侍らむもあいなしかし。六条の院にいさゝかなる事のたがひ目ありて、月ごろ心のうちにかしこまり申す事なむ侍りしを、いと本意なう、世中、心ぼそう思なりて、病づきぬとおぼえはべしに、召しありて、院の御賀の楽所の試みの日まいりて、御けしきをたまはりしに、なをゆるされぬ御心ばへあるさまに御目尻を見奉り侍りて、いとゞ世にながらへむことも憚り多うおぼえなり侍りて、あぢきなう思ひたまへしに、心のさはぎそめて、かく静まらずなりぬるになむ。

⑪　これかれものすれども、さま〴〵なにごとにもこゝろにかすめはべらず。六条院にいさゝかなるたがひめありて、月ごろのこゝろのうちにかしこまることなむはべりしを、いとほいなくよのなかにこゝろぼそくおもひなりやまゐづきぬとおもひはべりしを、めしありて、

院の御賀のころほひまいりて御けしきをたまはりはべりしに、なをゆるされなきやうに御まじりみえはべりしによにながらへむことはゞかりあり、あぢきなくはべりしにこゝろさはぎそめはべりてかくしづまらず□ぬるになむ。

本文「あまた」「さらに」「あいなしかし」は、詞書には無い。また、本文で「楽所の試みの日」の箇所が詞書では「ころほひ」となっている。本文の方が精細であり、具体的に描いていることは、言うまでもない。さらに、本文の「ゆるされぬ御心ばへあるさまに」「（憚り）多うおぼえなり侍りて」が、詞書で「ゆるされなきやうに」「（はゞかり）あり」となっているのも同様である。

なお、⑨⑩で保留してきた本文の「（あぢきなう）思ひたまへ」とある箇所が、詞書では「（あぢきなく）はべりし」となっていることについては、更に次項に回してコメントする。

⑫　人数にはおぼし入れざりけめど、いはけなうはべし時より、深く頼み申す心の侍しを、いかなる讒言などのありけるにかと、これなむこの世の愁へにて残り侍べければ、論なう、かの後の世のさまたげにもやと思給ふるを、ことのついで侍らば、御耳とゞめて、よろしう明らめ申させたまへ。亡からむ後ろにも、この勘事ゆるされたらむなむ御徳に侍るべき」などの給まゝ

に、いと苦しげにのみ見えまされば、

⑫

人かずにはおぼしい□ざりけめどいはけなくはべりしよりたのみきこゆることはべりしにいかなるざうげむのはべりけるにか、これなむこのよのうれへにとゞめはべる、ろんなう、かのなにしのさまたげにやとおもひはべることのついではべらば、御みゝとめてよろしくあきらめさせたまへ。なからむうしろにも、このかうじゆるされたらむなむおほむくどくにはべるべき」などのたまふまゝにいところゝくるしげになりまされば、

本文「時」「深く」は、詞書に無い。本文「申す」は、詞書に「きこゆ（る）」とある。謙譲表現としては、「申す」の方が謙譲の意が強く、ここまでコメントを保留してきた「たまふ（る）」と関連させると、本文の「申す」の方が妥当と考えられる。本文「残り（る）」は、詞書に「とゞめ（む）」とあり、いずれでも通ずるが、後者は国冬本に一致している。本文「後の世の」は、詞書に「なにしの」とあり意をなさないが、国冬本には「なにがしの」とあって、〈何かの〉の意に解され、詞書はその写し誤りか、又は意を解せずに書いたものであろう。ここで、本文「思ひ給ふる」と詞書「おもひはべる」についてコメントしたい。⑨⑩⑪で保留してきた下二段活用

の自己卑下の表現として源氏物語本文では多用されている。しかし、その中には下二段活用であるべき「給ふ」が四段活用となっている例も少数ではあっても無視できないことも指摘されている。一方、下二段活用の「給ふ」と「侍り」の謙譲語としての性質もかなり類似しているという指摘もなされている。要するに詞書の書かれた時代には下二段活用の自己卑下の「給ふ」は理解しにくくなっており、「侍り」の方が用いられたということを、これまでの四つの例が示していると見られるのである。本文「苦しげに」「見え」は、詞書で、「こころぐるしげ」「なり」となっている。

ここの一文は、夕霧の視点から、病に苦しむ柏木の様子の変化を描写しているのだから、詞書の夕霧の気持ちを表す「こころくるしげ」と、語り手の説明である「なり（まされば）」とが入り交じった表現は適切ではない。

⑬　いみじうて、心のうちに思合はすることゞもあれど、さしてたしかにはえしも推しはからず。「いかなる御心の鬼にかは。さらにさやうなる御けしきもなく、かくをもり給へるよしをも、きゝおどろき嘆き給ふこと、限りなうこそくちおしがり申給めりしか。など、かくおぼすことあるにては、今まで残い給ひつらむ、こなたかなた、あきらめ申べかりけるものを、今はいふ

かひなしや」とて、とり返さまほしうかなしくおぼさる。

⑬
いといみじくてこゝろのうちにおもひあはすることもあれど、さしてたしかなることはえをしはかりやらず。「いかなる御こゝろのおにゝか。さらにさやうなるおほむけしきもなく、かくおもりたたまふ御こゝちをきゝおどろきなげきたまふこと、かぎりなくこそくちをしがりましたまふめりしか」などきこえたまふ　とや。

本文「(くちおしがり)申」は、詞書に「(くちをしがり)まし」とある。本文の「申」は漢字表記のため厳密な読みは確定しがたいが、仮名書き例から推測する限りでは「まうし」と読ませるものと思われる。詞書の「まし」は、「う」を表記しない例で、前掲の『栄花物語』には、散見するものである。詞書がやや後世の用語を反映しているようである。この⑬は、柏木(二)の末尾であるが、「など」以下に、本文と詞書で大きな差異が見られる。

本文の「など」は、〈どうして〉の意の副詞であるが、詞書の「など」は副助詞で、引用助詞の「と」に類した用法である。従って、夕霧のセリフは「〜くちをしがりましたまふめりしか」で終わり、「きこえたまふ」という夕霧の動作が描かれ、最後に本文には無い「とや」が加えられて、この部分の詞書は完結するのである。

この「とや」は、『源氏物語』本文の二〇巻ほどに見られる巻の終わりを一種の伝聞形式で閉じる表現である。「となむ」（桐壺）「とぞ」（帚木・蓬生・薄雲・横笛・夕霧・幻・東屋）「などぞ侍るめる」（関屋）「とや」（朝顔・野分・藤袴・真木柱・總角）「とぞあめる」（玉鬘）「など」（匂宮）「となむ」（浮舟）「とかや」（蜻蛉）「にや」（手習）「とぞ、本にはべるめる」（夢の浮橋）のように様々であるが、『源氏物語』が、『竹取物語』『うつほ物語』などの昔物語の形式を踏襲し、短編物語の集合としての長編物語の一面が窺えるところである。柏木（二）以外の詞書には見られない表現であるが、筆者がこれまで検討した他の詞書部分も、内容から見てそれぞれ完結したものとなっている。柏木（二）の「とや」で終わる末尾は、詞書が、一つの絵の説明であり、補助の性格のものであったことに加えて、その終わりを明確に示す詞書の技法であったと考えたい。

【参考文献】

池田龜鑑『校異源氏物語（大成校異篇）』（一九四二年）・玉上琢彌『源氏物語研究』〈源氏物語評釈別巻一〉（一九六六年）・木之下正雄『平安女流文学のことば』（一九六八年）・杉崎一雄『平

安時代敬語法の研究』（一九八八年）根来司『源氏物語の敬語法』（一九九一年）・田島毓堂『源氏物語絵巻詞書總索引』（一九九六年）

第二部　物語の表現と用語

第一章　「ずして」の意味

要旨

「ずして」と「で」の相違は一般に、「漢文訓読語」対「和文語」という位相差として捉えられている。

しかし、その用法を微細に見ると、「ずして」は〔〜シナイママデ（〜シナイ状態デ）〕の意を表し、「で」の〔〜セズ（〜シナクテ）〕とは明らかに相違する。前者は、「ず＋して」と分析される否定順態接続の状態表現であり、後者は、接続助詞「て」の対義になる否定単純接続表現で、文脈に依存して稀には否定逆態接続表現の用例も見出される。これは、「形容詞語尾＋して」の「くして」「しくして」対「形容詞語尾＋て」の「くて」「しくて」、及び形容動詞語尾「に」に「して」「て」の下接した、「にして」対「にて」の対立においても同様に説明できる。

『うつほ物語』『源氏物語』等の作り物語で、「ずして」が主に会話文に用いられたのは、その固定的・限定的な意味が、会話主体の聞き手に対する正確な伝達にとって有効であったからである。

「ずして」が漢文訓読に多く用いられたのも、それが漢文（中国語文）を日本語に訳すに当たって、より正確であることが期せられる読解の次元では適していたからであろう。

一方、和文（文学作品）における「で」は、表現主体（作者）の用語選択（言葉選び）の中で、「ず」「ずして」との意味差を意識して使われたもので、表現の次元での用語として捉えられるべきものである。

鎌倉時代のいわゆる和漢混淆文では、「ずして」と「で」が、地の文・会話文の区別はなくて、もっぱら意味差に基づいて使い分けられているのは、鎌倉時代の作者による主体的な用語選択を示すものであり、平安時代の作者とその基準こそ違え、本質としては同じと考えられる。

〇、通行の辞書の解説の問題点

二〇〇一年に「ずして」について三つの辞書の解説が出そろった。

A.「（略）中古、「ずして」は主として漢文訓読系の文中に用いられ、仮名文学作品においては、和歌や男性の会話文などを除いてはほとんどみられず、これに代わって「で」または中止法の「ず」が用いられている。」

（『日本国語大辞典第二版』の語誌の欄）

B．「（略）（「ずして」は）平安時代に入ると、主として漢文訓読系の文章の中に見られるようになる。和文では、「ずして」にかわって接続助詞「で」や連用中止法での「ず」が多く使われ、「ずして」は和歌や男性の会話文中などに限られるようである。」

（『日本語文法大辞典』の語誌の欄）

C．「（略）「さへに」「かなや」のような複合助詞形も訓点にのみ存在するものである。逆にほとんど存在しない助詞としては逆接の「ど」（訓点では「ども」）、否定接続の「で」（訓点では「ずして」）、係助詞の「なむ」（「なも」）などがある。（略）」（傍線は、筆者）

（『訓点語辞典』〈二〇〇一年〉の訓点語概説中の【和文語と訓点語の文法面での相違】の一節）

この三つの解説には共通の問題点がある。それは、「ずして」と「で」を同意としていることである。AとBには両者の意味記述も見られるので、そこを参照して対比してみると、右のように言える。Cも引用の記述からしては、同意であることを前提になされていると見て、よさそうである。

次に、AとBの記述は果たして事実に即しているのかについて疑義がある。かりに事実を述べているとしても、何故こうなのか、についての説明はない。説明の無い単なる記載は、ほとんど意味を持たない。

さて、二つの異なる語形が同意であるか否かの検討は、同一の資料・作品中でなされて始めて確かなものとなるはずである。本章ではこの考え方から、一つ一つの資料ごとに「ずして」と「で」との意味差の有無を検討する。但し、同一の資料に片方しか見いだせない場合は、関連する語形のペアを採り上げて、それからのアプローチを試みる。

本章での引用文テキスト――『古今和歌集仮名序』『土左日記』『竹取物語』『蜻蛉日記』『源氏物語』『平家物語』『宇治拾遺物語』……日本古典文学大系。『うつほ物語』……おうふう。『賀茂保憲女集』序文…新編国歌大観。『栄花物語』……栄花物語本文と索引本文篇（漢字・仮名の表記、濁点・句読点等は、新編日本古典文学全集による。）

（①の類の番号の用例は「ずして」のもの（太傍線を付す）、ｉの類の番号のもの「で」（波傍線を付す）、その他はそれぞれ異なる類の番号と傍線で区別する。）

一、『古今和歌集仮名序』の「ずして」――「～にして」と「～にて」、「～くして」と「～くて」の相違を通して――

『仮名序』には、周知のごとく古注と呼ばれるものが割注で記されている本が多く、その文中には「で」も散見されるが、古注は後人の書き込んだものとする説が有力であり、同一資料として扱うのはここでは問題があるので、考察の外においた。そうすると、「で」の用例は無いので、関連する語形（サブタイトル中にも示したもの）の例から検討していく。

〈なお、以下、必要に応じて、〔　〕の中に現代語への置き換え（いわゆる現代語訳）を添え、異なる語形の意味差を明確にする。〉

(1)ちはやぶる神世には、うたのもじもさだまらず、すなほにして、事の心わきがたかりけらし。

(2)春の花にほひ、すくなくして、むなしき名のみ、秋のよのながきをかこてれば、
〔春ノ花ノ美シサハ、殆ドナクシテ、実質ノ無イ評判ノミ、秋ノ夜ノ長イノヲ嘆イテイルノデ、〕

(3)宇治山の僧きせんは、ことばかすかにして、はじめをはり、たしかならず。
〔宇治山ノ僧喜撰ハ、言葉ガ不明瞭デアッテ、首尾ガ一貫シナイ。〕

1ふんやのやすひでは、ことばたくみにて、そのさま身におはず。
〔文屋康秀ハ、言葉ハ巧ミダガ、ソノ姿ガ作者ノ品格ニ合ワナイ。〕

2ありはらのなりはらは、その心あまりて、ことばたらず。しぼめる花の、色なくて、にほひ

のこれるがごとし。

〔在原業平ハ、ソノ情感ハ溢レテイルガ、表現ガ未熟ダ。萎ンダ花が、色ハ褪セテイルガ、匂イガ残ッテイルヨウナモノダ。〕

(1)(2)(3)のような「〜にして」「〜くして」は、一部に現代語訳も試みてみたように、順態接続表現に用いられている。しかも、(3)の訳〔デアッテ〕が示すごとく状態の意が加わる。これは「して」の表すものである。(2)の訳に示したように現代語にも〔ナクシテ〕が生きている。

これに対し、12の「〜にて」「〜くて」は、逆態接続表現に用いられている。

「ずして」は、2例のうち、一つが次のものである。

①あをやぎのいとたえず、まつのはの、ちりうせずして、まさきのかづら、ながくつたはり、とりのあと、ひさしくとゞまれらば、うたのさまをしり、ことの心をえたらむ人は、おほぞらの月を見るがごとくに、いにしへをあふぎて、いまをこひざらめかも。

この例は「……ず、……ず＋して」の用法を採るもので、先行の二つの否定表現を「して」が受けとめて状態表現を加えているものと考えられる。それは、後続句「ながくつたわり」「ひさしくとゞまれらば」の存続的表現（「ら（り）」の使用）と呼応していると見做される。

二、『土左日記』の「ずして」――「で」との相違、「なくて」と「なくして」の相違と関連させて――

(1)かぜなみやまねば、なほおなじところにとまれり。たゞうみになみなくして、いつしかみさきといふところわたらんとのみなんおもふ。（一月一六日）

〔風モ波モ止マナイノデ、ヤハリ同ジ所ニ停泊シテイル。タダ、海ニ波ガ無クナッテ（無イ状態デ）、早ク御埼トイウ所ヲ通リ過ギタイトバカリ思ウ。〕

1か丶るあひだに、ひとのいへの、いけとなあるところより、こひはなくて、ふなよりはじめて、かはのもうみのも、こともののども、ながびつにになひつゞけておこせたり。（一月七日）

〔コウシテイルウチニ、アル人ノ家デ、「池」トイウ名ノアル所カラ、鯉ハ無イガ、鮒ヲハジメトシテ、川ノ魚モ海ノ魚モ、ソノ他の食物モ長櫃デ次々トカツギ入レテヨコシテクレタ。〕

(1)1の「～くして」「～くて」の意味差は『古今仮名序』の例と全くおなじである。

「ずして」は、

①おもしろしとみるにたへずして、ふなびとのよめるうた、（一月九日）

②かくあるをみつ丶こぎゆくまに〳〵やまもうみもみなくれ、よふけて、にしひんがしもみえずして、てけのこと、かぢとりのこ丶ろにまかせつ。（一月九日）

のように、「耐ふ」「見ゆ」の二つの動詞に下接しており、殊に「耐ふ」の例は①の他に5例も用いられることが注目される。この点については後述する。

「で」は、

i かぢとりもののあはれもしらで、おのれしさけをくらひつれば、はやくいなんとて、（一二月二七日）

ii このかうやうにものもてくるひとに、なほしもえあらで、いさゝけわざせさす。（一月四日）

iii とまりにいたりて、おきなびとひとり、たうめひとり、あるがなかにこゝちあしみして、もののものしたばで、ひそまりぬ。（一月九日）

iv ふねもいださでいたづらなれば、あるひとのよめる、（一月一八日）

v かくたいまつれども、もはらかぜやまで、いやふきに、いやたちに、かぜなみのあやふければ、（二月五日）

のように、「知る」「あり」「賜ぶ」「出だす」「止む」の五つの動詞に下接しているが、殊に「あり」には、ii の他に2例用いられていることが注目される。これについても後述する。

三、『竹取物語』と『うつほ物語』の「ずして」——主に、会話文に用例の見られる理由——

『竹取物語』の例は次の一例である。

①竹取の翁はしり入りていはく、「（略）なにをもちてかとかく申すべき。旅の御姿ながら、わが御家にも寄り給はずしておはしたり。はやこの皇子にあひ仕ふまつり給へ」と言ふに、（かぐや姫ハ）物も言はで、つらづゑをつきて、いみじうなげかしげに思ひたり。

（蓬萊の玉の枝）

この例で注目されるのは、竹取翁の会話に続く地の文では、「で」が用いられていることである。

『うつほ物語』では、次の10例である。

②（俊蔭）「（略）昔、宣旨に適ひて、度々の試みを賜はりて、唐土に渡されぬ。父母あひ見ずして、長く別れて、悲しびはあまりありと言へども、学び仕うまつる勇みはなし。（略）」

（俊蔭）

③（一条北の方）「（略）価問はれば、『千五百』といらへよ。せめて問はるるものならば、人に聞かせずして、おとどに、『（略）』と言へ」（忠こそ）【女性の会話文例】

④（正頼→妻大宮）「（略）かねてより、『一つのことも欠かずして、ただ、年の返らば、候はせ

奉らむ』とこそ思ひしか。（略）」（嵯峨の院）
〔「前々カラ、『一ツノコトモ手ヲ抜カナイヨウニシテイテ、タダ、年ガ改マッタナラバ、参上サセヨウ』ト思ッテイマシタ。」〕

⑤（左衛門督ノ歌）我頼む千歳の陰は漏らずして松風のみぞ涼しからなむ（祭の使）

⑥かくて、御神楽に出で立ち給ふ。（略）御車二十ばかり、四位・五位数知らずして、桂川に出で給ふ。（祭の使）【地の文例】
〔コウシテ、御神楽ヲ催スタメニ（桂殿ニ）出立ナサル。（略）御車ハ二十両ホド、四位・五位ノ者タチガ数ガ分カラナイ状態デ（ナイホドオ供ヲシテ）、桂川ニオ着キニナル。〕

⑦（博士達）「季英、まことに悟り侍る者なり。されど、しが魂定まらずして、朝廷に仕うまつるべくもあらず。（略）」（祭の使）

⑧（山臥〈忠こそ〉→朱雀院）「（略）『親を害する罪よりもまさる罪や侍らむ』と、魂静まらずして、すみやかにまかり籠りて、（略）年ごろになり侍りぬ」（吹上下）
〔「『親ノ機嫌ヲ損ネル罪ヨリモ重イ罪ハゴザイマセン』ト存ジ、心ノ静マラナイママニ、タメラワズ直チニ、（鞍馬ニ）引キコモリマシテ、（略）モウ何年ニモナリマシタ」〕

⑨（致仕大臣）「我、昔より、食ふべき物も食はず、着るべき物も着ずして、天の下、そしられ

を取り、世界に名を施して、財を蓄へしことは、死ぬべき命なれど、（略）」（あて宮）

⑩（大将〈仲忠〉→嵯峨の院）「思ひかしこまりて承りぬ。しばしば候ひぬべきを、公私と、え避らぬことどもに明け暮らし、暇候はずしてなむ。宮の御ことは、なにがしが取り申しつることにも侍らず。（略）」（楼の上 上）

⑪（嵯峨の院消息）「（略）故治部卿の朝臣、公人として侍りし跡だに。身を朝廷に従へて、唐土の使にまうで、仇の風に会ひて、多くの年、父母の顔もあひ見ずして、悲しき目を見て、（略）」（楼の上 下）

『うつほ物語』では、10例のうち8例が会話文の例で、多くは男性のものであるが、③の一例は、女性のもので、男性の会話語とは断定できない。また、「ずして」の意味は、④⑥⑧に示したように〔ナイママニ（ナイ状態デ）〕と解され、『古今仮名序』『土左日記』と共通する。また、⑪の例は、②を受けて俊蔭のことを述べている。②では「長く別れて」の前に「あひ見ずして」が使われているのに対して、この例では反対に、「多くの年」が先に出て、「あひ見ずして」が続く。いずれにしても、「ずして」が〔ナイママニ〕という状態の継続（無変化）を表すものである。

この二つの物語の作者は、「で」の文脈に依存して順接にも逆接にもなり得るものとは対蹠的な、如上のような限定的意味の「ずして」を主に会話文に用いることにより、会話語として聞き手への伝達の的確さを際立たせたのである。

四、『源氏物語』の「ずして」――『蜻蛉日記』の一例にもかかわって――

①（博士）「かくばかりの、しるしとあるなにがしを知らずしてや、おほやけには仕うまつりたぶ。はなはだをこなり」（源氏物語・乙女）

②（常陸介）「この頃の御徳などの心もとなからん事は、なのたまひそ。なにがし、いたゞきにも捧げたてまつりてむ。心もとなく、「何を飽かぬ」とか思すべき。たとひ、敢へずして、仕うまつりさしつとも、残りの宝もの、領じ侍る所〳〵、一つにても、又、取り争ふべき人なし。（略）」（源氏物語・東屋）

③（源氏→大宮）「さるは、かの知り給ふべき人をなむ、思ひまがふること侍りて、不意にたづねとりて侍るを。その折は、「さるひがわざ」とも、あかし侍らずありしかば、あながちに、ことの心を尋ねかへさむ事も侍らで、たゞさるものゝくさの少なきを、「かごとにても、何かは」と、思うたまへ許して、をさ〳〵睦びも見侍らずして、年月はべりつるを。（略）」

（源氏物語・行幸）

〔「実ハ、アノ内大臣（以前の頭中将）ガオ世話ナサルハズノ人（玉鬘）を、思イ違イを致シタ事情がゴザイマシテ、偶然ニモ引キ取ッテオリマスケレド。ソノ当座ハ、当人（玉鬘）タチハ、「間違ッテイル」トモ、ハッキリサセテクレマセンママデアリマシタノデ、強イテ、事情ヲ詮議ダテスルコトモゴザイマセンデ、タダ子供ノ少ナイ物足リナサカラ、「コレガ口実デアッテモカマウコトハナイ」ト、自分ヲ納得サセマシテ、ホトンド親身ニナッテ世話ヲ致サナイママニ、年月ガ過ギテシマイマシタガ。」〕

○さて、年ごろ、思へば、などにかあらん、ついたちの日は、見えずしてやむよなかりき、さもやとおもふこゝろづかひせらる。（蜻蛉日記・天禄二年一月）

〔サテ、何年モノ間、思エバ、ドウシタワケダロウ、元日ハ、顔ヲ見セナイママニ終ワッテシマウ時ハナカッタ。今日モ来テクレルカト心遣イサレル。〕

右の用例のうちで、長く引用した③の「ずあり」「で」「ずして」の三つは、意味に微妙な相違が認められる。「ずあり」と「ずして」の意味は酷似しており、ほぼ同意としてもよかろう。「ずあり」は、過去表現の助動詞「き（しか）」が下接するために、この言い方となり、「ずして」は現在表現であるという相違がある。ラ変の「あり」とサ変の「す」の意味は基本的に相違するが、このような用法では、状態性の表現として共通するところがある。

①の博士、②の常陸介の会話の「ずして」も〔ナイママニ〕の意に採れば文意に適うのではないか。この二人の人物が共通して漢文訓読に通暁していたとは考えるのは如何にも不自然である。更に注目すべきは、『蜻蛉日記』には、前掲のような「ずして」が1例地の文に用いられることである。作者がここで、「見えずして」を用いたのは、「見えで」〔顔ヲ見セナイデ〕の表現では作者の思いを読者に的確には伝達し難いと考えたからであろう。前節の『竹取物語』『うつほ物語』、さらには右の『源氏物語』の会話語に使われた「ずして」と同一の用法と捉えるべきものである。

五、『うつほ物語』『源氏物語』の「ずなどして」――『源氏物語』で「ずして」が地の文では用いられなかった理由――

①′この娘、かくめでたう、春宮にも、「参らせよ」などのたまはすれど、え宮仕へなどにも出ださずなどしてありけるに、（うつほ物語・嵯峨の院）

②′君は、をとこ君のおはせずなどして、さうざうしき夕暮などばかりぞ、尼君を恋ひ聞え給ひて、うちなきなどし給へど、宮をば、ことに思ひ出で聞え給はず。（源氏物語・若紫）

③′司召の頃、この宮の人は、給はるべき官も得ず、大方の道理にても、かならずあるべき加階

などをだに、せずなどして、嘆く類多かり。（源氏物語・賢木）

④´（明石上ハ源氏ガ）すぎたりとおぼすばかりのことは、しいでず。又、いたく卑下せずなどして、御心おきてに、もて違ふ事なくて、いとめやすくぞありける。（源氏物語・薄雲）

『うつほ物語』には、「ずして」が地の文に一例ではあるが用いられているものの、『源氏物語』には全く用いられないのは、右に挙げたように、「ずして」に意味の極めて近い「ずなどして」が、地の文の用語として意図的に用いられるからである。②´では、「おはせずなどして」が、後続句の点線部「うちなきなどし（給へど）」と呼応的に用いられ、「（など）して」の「し」がサ変動詞としての働き（叙述性）をなしている。③´では、先行句「得ず」を、「せずなど」が受け、この二つの打ち消し表現が、「して」で動作表現を付加されている。④´も同じで、「……ず……などして」の呼応がなされている。これは、「……ず……ずして」と同じではあるが、「など」が介入することにより、前述した通り、「し（す）」が動詞としての本来の働きをしているからで、「ずして」の「し」の多分に形式化したのとは違いが認められよう。

六、『賀茂保憲女集』序文の「ずして」——順接状態表現としての特質——

①されど人の心あはずして、をかしきことはすくなくして、うきことはおほかり、

②かいをばたもたずして、ことぶきをたもてるさまども、

③うぐひすのはぶきのはなをたたずして、くれゆくはるををしむ、

④ちぎれる月日をまちて、しのびのつまをとらずしてとしふれど、

⑤はかなきことたてたるはがにかかれるとり、ゐにうたれんことをしらずして、てるひとをかへり見みるさをしか、

⑥よをそむきたるほふしこそは、もののいのちをころさずして、このみをのみはこきくへ、

ｉからにしきおもしろしといへど、つひにたえでやはある、おもしろきさくら、つねにちらずは、ひとにいとはれなん、

(1)をかしきことはすくなくして、うきことはおほかり、（この例は前掲①の再挙例）

(2)されどもひとのしろとてあはれびは、めこなくして、せうようすとて、はるはねのびとて、のべにいでて、

1しもは、あさごとにおきまさる、しろたへの月見る人もなくて、むばたまのすみをおこして、かしらをつどへてものがたりをして、

2世中はじまりけるとき、むかしはにはたたきといふとりのまねをしてなむ、をとこ女はさだめけるに、草のたねなくておひけるは、このとりのをしへたりけるになんありける、

この家集の序は、『古今和歌集』とそれと類似するところがある。⑴⑵の「〜くして」が順態接続の状態表現と解し得るのに対し、2の「〜くて」は、〈(草ガ種ガナ)イノニ〉の意で、文脈上の逆態接続とも採れそうである。そして⑴は、①の「ずして」の順態接続〈ナイ状態デ〉とともに後続の「多かり」の状態表現と呼応している。また、②の「ずして」は、後続の「たもてる」の存続表現と呼応する。更に、④の「ずして」は、後続の「としふれど」と呼応する。③⑤⑥の「ずして」は、後続句との呼応は認められないが、順接状態表現と解し得る。

『古今仮名序』では、古注は除外したため「で」の例は無かったが、この序には一例存し、iの「たえでやはある」は、〈絶エズニハアロウカ〉の意で、「ずして」と明確に相違し、その直後でいったん切れる用法ではない。

七、『栄花物語』の「ずして」——地の文への進出——

ここでは、「ずして」「で」の同じ巻で用いられたものを挙げ、二つに意味差のあることを確認する。

①一条院には、御読経、御念仏など絶えずして、僧どもの、あはれに心細く広き所に人少なにおぼゆるままに、(九　いはかげ)

ⅰ（中宮）「なほこのこといかでさらでありにしがなとなん思ひはべる。（略）」（九　いはかげ）

②ⅱいも寝られで明かさせたまひ、あはれに思しつづけらる。さて暁に出でたまひてすなはち、御文あり。

今朝はなどやがて寝暮らし起きずして起きては寝たく暮るるまを待つ

とあり。（十四　あさみどり）

ⅲ宮の上はやがてこの御忌のほどに、尼になりなんと思しのたまへば、関白殿の上も、「ただ今さらでもありなん」と、制し申させたまふ。（十四　あさみどり）

③やがてそのわたりの村、一つの里となさせたまひて、水清う澄み、煙絶えずして、事の便を賜せてはぐくみかへりみさせたまふほどに、（十五　うたがひ）

④（道長）「（略）この火一たびに出でて、今日より後消えずして、わが末の世の人々同じく勤め、三昧のともしびを消たずかかげ継ぐべくは、この火一度にとく出づべし」と祈りて打たせたまひしに、（十五　うたがひ）

ⅳ殿の御前、「いかで今はただ、祈りはせで、滅罪生善の法どもおこなはせ、念仏の声も絶えず聞かばや」とのたまはするを、（十五　うたがひ）

「ずして」４例の内訳は、地の文の①③の２例、歌の②の１例、会話（祈りの詞）の④の１例である。

右に挙例した通り同じ巻に「で」も用いられ、「ずして」との意味差のあることは、明らかである。

この物語では、『竹取物語』『うつほ物語』『源氏物語』等の作り物語と異なり、「ずして」を会話語として用いるという技法を捨て去っている。これは、次に挙げる鎌倉時代の作品に受け継がれている。

八、『平家物語』の「ずして」と「で」

①楽みをきはめ、諫をもおもひいれず、天下のみだれむ事をさとらずして、民間の愁る所をしらざ（ッ）しかば、久しからずして、亡じにし者どもなり。（一　祇園精舎）

右の「……ず……ずして」の用法は、『古今仮名序』の①、『うつほ物語』の⑨のそれに同じ。

②（祇王母）「まことにわごぜのうらむるもことはりなり。さやうの事あるべしともしらずして、けうくんしてまいらせつる事の心うさよ。（略）」（一　祇王）

③（仏御前）「（略）女のはかなきこと、わが身を心にまかせずして、おしとゞめられまいらせし事、心うくこそさぶらひしか。（略）」（一　祇王）

④さばかりの砌に、束帯たゞしき老者が、もとゞりはな（ツ）てねり出たりければ、わかき公卿殿上人こらへずして、一同は（ツ）とわらひあへり。（三　公卿揃）

⑤「（略）」といふ朗詠をして、秘曲を引給へば、神明感応に堪へずして、宝殿大に震動す。（三　大臣流罪）

④⑤の「こらへずして」「堪へずして」は、『土左日記』の①の「たへずして」と類義、同語である。更には、『源氏物語』の②の「敢へずして」にも類似し、〔忍耐スル・シ遂ゲル〕の意を否定する場合には、状態表現が選ばれたことが分かる。

⑥（少将）「（略）成経彼嶋へながされて、露の命消やらずして、二とせををく（ツ）てめしかへさるゝうれしさは、さる事にて候へども（略）」（三　少将都帰）

⑦非参儀二位中将より大中納言を経ずして、大臣関白になり給ふ事、いまだ承り及ばず。（三　大臣流罪）

⑧海道宿々の遊君遊女ども「あないま〳〵し。打手の大将軍の矢ひとつだにもゐずして、にげのぼり給ふうたてしさよ。（略）」とわらひあへり。（五　五節之沙汰）

i（入道相国）「（略）見参するほどにては、いかでか声をも聞かであるべき。いまやう一つうたへかし」（一　祇王）

iの「聞かである（べき）」は、『保憲女集』のi「たえでやはある」と同じ用法である。「ある（あり）」が状態表現であり、従って「で」には「ずして」とは相違し、状態性の無いことを示すものである。

ii（祇王母）「（略）いまだ死期も来らぬおやに身をなげさせん事、五逆罪にやあらんずらむ。此世はかりのやどりなり。はぢてもはぢでも何ならず。唯ながき世のやみこそ心うけれ。（略）」

（一　祇王）

iiの「はぢてもはぢでも」は、単純接続の「て」の否定表現が「で」であることを示すもの。

iii（後二条関白殿ハ）四十にだにみたせ給はで、大殿に先立まいらせ給ふこそ悲しけれ。

（一　願立）

iiiの「みたせ給はで」は、〔達セラレナイノニ〕と解すれば逆接であるが、〔達セラレズ〕とも解される用法である。

iv大衆とり得奉るうれしさに、いやしき法師原にはあらで、や（ン）ごとなき修学者どもかきさゝげ奉り、おめきさけ（ン）でのぼりけるに、（二　一行阿闍梨之沙汰）

ivの「あらで」は『土左日記』のiiと同じ。

v（俊寛僧都）「（略）鹽干のときは貝をひろひ、あらめをとり、磯の苔に露の命をかけてこそ、

けふまでもながらへたれ。さらでは浮世を渡るよすがをば、いかにしつらむとか思ふらむ。（略）」（三　有王）

vi又安元の比おひ、御方違の行幸有りしに、さらでだに鶏人暁唱こゑ、明王の眠ををどろかす程にもなりにしかば、（六　紅葉）

右の「さらで」は、「さ＋あらで」であり、次のviiの「ならで」は「に＋あらで」で、いずれも「あり」に無状態性の「で」が下接したものである。

vii（入道相国）「何条其御所ならでは、いづくへかわたらせ給べかんなる。其儀ならば武士どもまい（ツ）てさがし奉れ」（四　若宮出家）

九、『宇治拾遺物語』の「ずして」と「で」

ここでは、同じ章段（話）に用いられた両者の例の比較をしてみる。それぞれ（注）に述べた通り、意味差を意識して使い分けられている。

1わたりせむとする者、雲霞のごとし。おのおの物をとりてわたす。このけいとう坊「わたせ」といふに、聞きもいれで、こぎいづ。その時に、此山ぶし「いかに、かくは無下にはあるぞ」といへども、大かた耳にも聞きいれずして、こぎ出す。（三六　山ぶし舟祈返事）

（注）「で」は否定の単純接続であるが、「ずして」は否定順接状態表現で、一種の強意表現にもなっている。

2別当、心をまどはして、仏の事をも、仏師をもしらで、さとむらに、手をわかちて、たづね求むる間、七八日をへぬ。（略）

その後、此専当法師、やまひつきて、命終りぬ。妻子、かなしみ泣て、棺に入ながら、捨てずして置て、猶これをみるに、死て六日といふ日の未の時ばかりに、にはかに、此棺はたらく。（四五　因幡の国別当地蔵作さす事）

（注）「ずして」は、〔（捨テ）ナイママニシテ〕の意であることにより、後続の語句の内容に即するものとなっている。

3薬師寺の別当僧都といふ人ありけり。別当はしけれども、ことに寺の物もつかはで、極楽に生れんことをなん願ひける。年老、やまひして、しぬるきざみになりて、（略）弟子を呼びていふやう、「見るやうに、念仏は他念なく申てしぬれば、極楽のむかへ、いますらんと待たるゝに、極楽の迎へは見えずして、火の車を寄す。（略）」（五五　薬師寺別当事）

（注）別当僧都の会話で用いられた「見えずして」は、待ちかねていた極楽の迎えが〔アラワレナイママニ〕と、僧都の気持ちをよく捉えた用語選択である。

4（翁）「（略）このことをせずして、心を世にそめて、さわがるゝ事は、きはめてはかなきこ

となり」といひて、返答も聞かでかへり行。（九〇　帽子児与孔子問答事）

（注）「返答も聞かで」は、〔返答モ聞カナイノニ〕の意に採れば逆接になるが、〔返答モ聞カズニ〕とも解される。

5夜の夢に、御帳より人の出でて、「このをのこ、前世の罪の報ひをばしらで、観音をかこち申して、かくて候こと、いとあやしき事なり。（略）まかりいでんに、なにもあれ、手にあたらん物をとりて、捨ずして、もちたれ。（略）」と、追るゝとみて、（八六　長谷寺参籠男利生にあづかる事）

（注）「しらで」は、〔知ラナイノニ〕とも〔知ラナイデ〕とも解される。「捨ずして」は、〔捨テナイママデ〕と解すれば、後続句との意味のつながりがよい。

まとめと補説

「ずして」と「で」は、意味が相違する。「ずして」は、『古今仮名序』や『保憲女集』序文のような一種の論説文では、その順接状態表現という固定的・限定的な意味に留意してこれを用いている。『土左日記』においては、「堪ふ」に下接して用いている。これは、他の作品にも共通しており、「堪ふ」「敢ふ」等の表す動作に「ずして」がなじむものであったと考えられる。

『竹取物語』や『うつほ物語』の会話文に用いられることの多いのは、話し手と聞き手との間の伝達の的確さを期して、その意味の固定的・限定的な面を捉えて用いたものである。『うつほ物語』の⑧の会話文の例に「すみやかに」が用いられているのも、現代語訳に示したようにその意味の限定的側面によったものである。

「ずして」は、和文の論説文・物語会話文のごとき表現主体（作者）の表現の次元から選ばれ用いられたものと、他方、読解の次元から漢文訓読（訓点）に用いられたものとを、同一次元で捉えるべきではない。ただし、その意味性を重視して使われたものである点では共通性を持つ。

一方、「で」は単純接続の「て」の否定表現で、地の文・会話文にかかわりなく用いられる。「ずして」「で」ともに、平安時代の日常的用語でもあったと推測されるが、平安時代の作り物語では作者による用語選択が、如上のような用法上の相違を結果したものである。平安時代末の歴史物語では、その相違は失われていく。そして鎌倉時代の『平家物語』『宇治拾遺物語』になると地の文・会話文の区別は失せて、意味の相違によって、用いられたものとなる。

従って位相の違う語が、無意図的・混淆的に使われたとは考え難い。

「ずして」と「で」、これに関連する「くして」「しくして」と「くて」「しくて」等について論述した先行論文も少なからず存するが、管見による限りこの違いを位相差として捉えているので、本章では敢えて引用しなかった。

第二章　「みそかに」は、何故消滅したか

はじめに――「ヒソカニ」は、日常的用語

「ヒソカニ」と「みそかに」は、漢文訓読語と和文語の対立という文体差・位相差として捉えられるのが、今なお一般的で、意味の面からの検討が余りなされていない、というのが学界の現状であると思われる。筆者は、旧稿で『土左日記』の「ヒソカニ」を採り上げ、その4例がいずれも「言ふ」の修飾語であって、2例は「小声デ」の意であるのに対し、他の2例は「内密ニ」の意である、と考えた。(注1) これは、「ヒソカニ」が漢文訓読語（漢文訓読によって生じた日本語・漢文訓読に専ら用いられる語）であるとする観点から離れ、「ひそむ」「ひそまる」など、同源の語の存在からしても、古く漢文訓読が行われる以前から日本語に存した「日常的用語」(注2) であるとする考え方に立って論じたものである。

しかし、それなら何故、『土左日記』以外の和文に「ヒソカニ」が用いられないのか、このこ

とについても、一部旧稿でも述べたが、本章では、その補足・補訂をすることと、「みそかに」が中世に入ると、一部の説話文学には用いられるものの、中世以降のいわゆる和漢混淆文などの作品では用いられず、「ヒソカニ」が用いられて現代語に至っていることについて、私見を述べるものである。

一、『うつほ物語』の「みそかに」と「みそかなる」――「みそかに」は、物語用語

平安時代の和文の「みそかに」の大部分は〔内密ニ〕の意で解され、修飾する語（句）は、多岐にわたる。[注3]

しかし、『うつほ物語』の「みそかに」の例の中には〔小声デ〕〔小サイ音デ〕の意でも解されるものが数例見え、しかも「ヒソカニ」の例も1例であるが用いられている。

●后の宮の御匣殿、異御腹のいもうとなれど、いとらうたくして顧み給ふを、かくきこしめして、(御匣殿)「さればこそひそかに『渡り給ひね』とはものせしか」とて、別納に渡したてまつりつ。(蔵びらき下)

右の引用は「角川文庫」(原田芳起校注)によったが、前田家本を始め、殆どの写本・板本が「ヒソカニ」とあるようである。ここで、「角川」によったのは、「ヒソカニ」の直後を二重の引

用符にすると、「ヒソカニ」は「いふ」「つたふ」を意味すると思われる「ものす」を修飾することになり、『土左日記』の用法に通ずるとみられる校訂がなされていることによる。

「みそかに」の例の中で、〈小声デ〉〈小サイ音デ〉と解される例は次のものである。（以下の引用は、「新編日本古典文学全集」による。）

1. 東面の格子一間あげて、琴をみそかに弾く人あり。立ち寄り給へば入りぬ。（俊蔭）
2. (帝)「てづから点し、読みて聞かせよ」とのたまへば、古文書机の上にて読む。例の花の宴などの講師のこゑよりは少しみそかに読ませ給ふ。（蔵開中）
3. 御簾のもとに后の宮のおはせば、上は大将に御目くばせて、みそかに読ませ給ふ。（蔵開中）
4. おとど「いま、いぬに琴習はさむ時に、さらばうらやまむかし」など、みそかにのたまふ。（国譲上）
5. だいとこたち近う候へど、加持高うもせさせ給はず。「弱き人は、それにまどひ給ふ物ぞ」とて、みそかによませ給ふ。（国譲下）

1. は、若小君が俊蔭娘の琴を弾く部屋の近くに立ち寄ると、俊蔭娘は奥へ入ってしまう、というのであるから、この例には〈内密ニ〉の意も含まれているとも見られよう。2. は、仲忠が、先祖の遺文を帝の前で読み上げる場面であるが、「みそかに」は、殿上の間にいる人々に、聞かせない、という意味で〔内密ニ〕も含まれていると言える。3．は、俊蔭の集を仲忠が帝に講じていたところに后の宮が来た、という場面で、〔小声デ〕の意ではあるが、〔内密ニ〕とも解せなくもない。4．は、正頼が妻の大宮に対して、あて宮のことで種々心配事を話し合う場面で〔小声デ〕の意とも〔内密ニ〕とも採れる。5．は、女一の宮の難産の場面で、仲忠の命令で加持を〔小声デ〕する例で、これには〔内密ニ〕の意はない。

このように、1．〜5．の例は一応〔小声デ〕と解されるのであるが、5．以外は〔内密ニ〕の意も含むか、〔内密ニ〕とも解されるというものである。

ところで、この作品にも「みそか」を複合語の前項にした用例や「みそかなる」という用法が見られる。

◎宮の君、「など。おのれはみそか男し、人と文通はしやはする。さする人をこそは、よきにはしたまふめれ」。宰相、「かかるをぞのたまふぞかし。誰かみそかなるわざする。疎からぬ御仲にこそ。かくなのたまひそ」。〔国譲中〕

一方、訓点資料には「みそかに」の用例は、見つかりにくいようだが、ミソカヌスビト〔竊盗〕〈類聚名義抄〈観智院本・鎮国守国神社本〉〉のような「ミソカ」は、大唐西域記長寛元年点〈中田祝夫『古点本の国語学的研究 訳文篇』五五九ぺ）の「ミソカネ」（憍婼の左にカナで付訓）の「ミソカ」と同じで、訓点資料と和文に共通しているものである。

『うつほ物語』で興味深いのは、次のような「しのびやかに」（7例）が、この物語の最終の巻である「楼の上」に集中して用いられていることである。

(1)中納言、しのびやかに、「（略）」とのたまへば、（楼の上 上）

(2)（仲忠）「まかでさせむ」とのたまへば、（あて宮）「あやしのことや」とて、しのびやかに笑ひたまふけしきも聞こゆ。（楼の上 上）

(3)しのびやかに聞こえたまふやう、（仲忠）「（略）」。（楼の上 上）

(4)四日の夜、夜中ばかりに宮帰りたまふ。しのびやかにて、さるべき四位六人ばかり、五位十人ばかりして、大将、いとおぼつかなく覚えたまひけれど、よろづに聞こえ慰めたてまつりたまひて、暁に帰りたまひぬ。（楼の上 上）

(5)（俊蔭娘ハ）臥したまへれど、いとどしう聞きつけたまひて、涙こぼれたまふこと限りなし。臥しながら、琴に、しのびやかに、（俊蔭娘ノ歌）「（略）」（楼の上 下）

(6)（涼）「帝よりや」と、しのびやかに聞こえたまへば、（楼の上 下）

(7)いとうたておどろおどろしかりければ、ただ緒一筋をしのびやかに弾きたまふに、にはかに

池の水湛へて、遣水より、深さ二寸ばかり、水流れ出でぬ。（楼の上 下）

「しのびやかに」は、〔声ヲヒソメテ〕〔音ヲカスカニシテ〕の意ととれるが、(4)の例が外れるようでもある。しかし、この例も宮（女一の宮）が、夜中・暁に帰る場面の描写であるので〔声・音ヲ立テナイヨウニ〕の意である解すれば、7例に共通する意味が認められるのである。

ところで、「楼の上」には、「みそかに」が1例用いられている。

◎（いぬ宮→女一の宮）「いかがは。琴の弾かまほしければ。念じてやはおはせむずる。みそかにはおはせかし。（略）」（楼の上 上）

この「みそかに」は、〔内密ニ〕の意であり、「しのびやかに」との意味の使い分けがなされていることが明確である。

思うに、物語の登場人物の動作や状態を詳しく限定する副詞又は形容詞・形容動詞の連用法は、物語の盛行とともに発達し、「ヒソカニ」「みそかに」で表現されていた時期から「しのびやかに」「しのびて」等を加えて、意味分担を行うようになっていったことを、「楼の上」の事例が示唆しているのである。

いわゆる和文語の「みそかに」は、〔内密〕〔秘密〕の意を表す「みそか」と貴族階級の日常的用語でもあった「ヒソカニ」の一種の混淆（類推）から生じて物語（文学）用語として定着していったものであろう。

二、『三宝絵（詞）』の「ヒソカニ」と「みそかに」——名古屋市博物館本の両語の意味差

「みそかに」が、「みそか」「みそかなる」から、類推で作られた物語の用語であることは、この作品において、草仮名文の名古屋市博物館本の「みそかに」の用法から言えそうである。

以下、東寺観智院本の漢字片仮名交じり文の引用は、「新　日本古典文学大系」から、名古屋博物館本は、春日和男『説話の語文』（一九七五年）の「Ⅱ　三宝絵詞東大寺切の研究」から引用する。ただし、後者は、特殊な草仮名書体を原漢字体で、表意文字としての漢字母等を漢字の太字体を用いるなどの、原本を精密に再現するための工夫を凝らした翻刻がなされているが、本章では、特殊な草仮名書体は普通の平仮名書体ものと合わせ、現行の平仮名字体に改め、更に句読点・引用符等も付して引用する。（ローマ小文字のものが、東寺本・その対応本文にダッシュを付したものが、名古屋市博物館本。）

i．百済国ヨリ日羅ト云人来レリ。身ニ光明アリ。太子窃ニ弊タル衣ヲキテ、諸ノ童ニマジリテ、難波ノタチニイタリテミル。

i′．百さいこくより日らといふ人きたれり。太子みそかにわろきゝぬをきて、もろ〱のわら

はへにましりて難波のたちにいりてみる。　　（中巻　一　聖徳太子）

ii. コレヨリ後ニ、或人ヒソカニ守屋大連ニ告テ云ク、
人々ハカリコトヲナスメリ。兵ヲマウケヨ。
ト。

ii′. このゝち、ある人みそかにもりやの大連につけていはく、
人〳〵はかりことすめり。つはものうけよ。
と。　　（中巻　一　聖徳太子）

iii. 乞食、「ヒソカニニゲム」ト思ヰタリ。願主カネテウタガヒテ、人ヲツケテマモラシム。

iii′. 乞者、「みそかににけのかれなん」とおもひたるに、願主かねてうたかひて、人をそへてまもらす。　　（中巻　十一　高橋連東人）

iv. 舅ノ僧ノ銭廿貫ヲ借テ任国ニクダル。一年ヲヘテ借銭一倍ニナリヌ。纔ニモトノカズヲ返テ、イマダ利ノ銭ヲツグノハズ。年月ヲヘテナヲハタリコフ。聟ヒソカニタヨリヲハカリテ、舅ヲコロシテムト思テ、

iv′. しうとのそうのせに廿貫をかりてつかひてにむせるくにゝくたりぬ。一年よをへてかれにせ（る）にいちへしぬ。わつかにもとのかすをかへして、いまたりのせにをつくのはす。と

しつきをへてなほはたりこふ。むこひそかにたよりをはかりて、しうとをころしてむと思て、

（中巻　十五　奈良京僧）

v. 栄好ガ童子今日ノ飯ヲウケ置テ、カクシ忍テナクコヱアリ。勤操アヤシビテ、ヒソカニ童子ヲヨビテ、

何事ニヨリテ泣ゾ。

ト、ヘバ、

v′. ゐかうかとうしけふのいひをうけおきて、かくしおきてなくこゑあり。こさうあやしみて、ひそかにわらはをよひて、

なにことによりてなくそ。

とゝへは、

（中巻　一八　大安寺栄好）

東寺観智院本のi. は、仮名書きではないが、「ヒソカニ」の例とした。この意は〔内密ニ〕で、名古屋市博物館本i′.「みそかに」とある。東寺観智院本のiii. と名古屋市博物館本のiii′. と同じケースである。名古屋市博物館本のii′.、iii′. の「みそかに」は、〔内密ニ〕の意であるが、東寺観智院本のii. の「ヒソカニ」は、〔小声デ〕と〔内密ニ〕の両意で用いられた例である。

名古屋市博物館本のⅴ´の「ひそかに」は〔小声デ〕の意と解されるので、『土左日記』や『うつほ物語』の1例と同じく、「みそかに」を用いず、「ヒソカニ」を用いたと説明できるが、ⅳ´の「ひそかに」は〔内密ニ〕の意であるから、不審である。そこで、『三宝絵』の上記の二伝本と、変体漢文で書かれた前田家本を加えた三伝本の成立事情が関わってくるが、それは極めて複雑で、確定的な答えは容易に出せない。筆者は旧稿で、(注4)名古屋市博物館本（東大寺切）が、受け取り手の尊子内親王に献上された原本に最も近いもの、とする説によって、考察を進めた。また、その旧稿では、増成富久子の、東寺観智院本は原本の読み手を離れて、仏教界に身を置く人々及び仏教に深い関心を抱く人々が読み手となっていった、とする説に注目した。増成説は、東寺本の表記体からしても、理解しやすい説であるが、用語の面からしても、物語用語として「みそかに」が選ばれた和文の時代から下って、後の和漢混淆文の用語の「ヒソカニ」が選ばれた時代に東寺本が成立したと考えれば、前掲の例の相違は、ほぼ納得がいく。

名古屋市博物館本の本文は、物語用語の「みそかに」を意図的に用いようとしたものであるが、当時の日常的用語「ヒソカニ」の意識が残っていて、ⅳ´の「ひそかに」が出たものであろうか。(注5)

三、平安末期頃の物語用語の「みそかに」「しのびやかに」と「（うち）しのびて」

『うつほ物語』では、「みそかに」12例、「しのびやかに」7例（但し、既述のごとく、最終巻の「楼の上」に集中）と用いられ、その後も平安期の最盛時に用いられ続けた両語は、次第に用いられ方に量的な相違が目立つようになる。と同時にその意味分担にも変化が見られるのである。この点を本節では、『狭衣物語』『浜松中納言物語』『夜の寝覚』（以上、「日本古典文学大系」から、引例。）『とりかへばや物語』（鈴木弘道『とりかへばや物語の研究』から引例）を例に採り、考察する。

1.「みそかに」

「みそかに」は、『狭衣物語』『浜松中納言物語』に各2例、『夜の寝覚』に3例、『とりかへばや物語』に1例と少ない。また、用いられている場面は、かなり限定的である。

1.（乳母→道成）「まことに、思すことならば、しばし、君（飛鳥井女君）にも、しらせたてまつらじ。下り給はん程に、みそかに、（飛鳥井女君ヲ）迎へたてまつり給へ」（『狭衣』巻一）

2.（狭衣→若宮）「されば、「みそかに、知られで、覗かん」と思ふぞ」との給へば、（若宮→狭衣）「格子も下さでこそありけれ。いざ見せん」と、さゝめき給美しさぞ、世の常ならぬ。

（『狭衣』巻三）

3. つゆばかりも人に知らせず、親しき人三四人ばかりにて、内裏のほど一日ばかり去りて、さんいふといふ所に、みそかに渡り給ひぬ。（『浜松中納言』巻一）

4. ゆゝしきまでうつくしげに大きになり給を、后もみそかに時々見たてまつりて、（『浜松中納言』巻一）

1. 2. 3. では、「知らせず・知られで」などの、語句と近接して用いられている。4. には、そのような語句は見られないが、〔（他人ニ知ラレナイヨウニ）内密ニ〕の意で用いられた例である。

5. （大皇后→帝）「さては、（大皇后→ねざめ）「暮にわたれ」とせちにものし侍らん。ありしやうに、みそかにものせさせ給へ」と、いと御気色よし。（『夜の寝覚』巻三）

6. 兵衛内侍ばかりにて、（帝ハ）かへらせ給て、いとみそかに夜の大殿にいらせ給ぬれど、つゆまどろまれさせ給はず。（『夜の寝覚』巻三）

7. （大貳北の方）「みそかにかう〳〵の事を思したちて、たれにもおどろ〳〵しうは知らせ奉り給はぬとぞ、気色見侍」（『夜の寝覚』巻五）

5. は、大皇后が寝覚の上を招いて帝に引き合わせようとする場面で、帝の行為に「みそかに」

を冠している。〔内密ニ〕の意を明確にしているのである。6．は、その逢瀬の後、〔他人ニ知ラレナイヨウニ〕内密ニ〕「夜の大殿にいらせ給」うのである。7．には、1．2．3．と同じ意味の語句が、近接して用いられている。

8．〔中納言→ある人〕「〔略〕よろしくおぼしめされば、いみじくみそかにまゐらん」
（『とりかへばや』上）

8．は、中納言がある人に、吉野の宮にひそかに会いたい、と伝える言葉。どこまでも秘密に、の意味を込めて、「みそかに」を使ったものであろう。

このように、他人に絶対に知られたくない行為をなす場面で、明確な意味を持つ、この副詞が選ばれたものと考える。

2．「しのびやかに」

「しのびやかに」は、多くの例は、〔声ヲヒソメテ〕〔音ヲカスカニシテ〕の意で用いられている。それは、一．で述べた『うつほ物語』の用例と同じである。ここでは、各作品からその一部を挙げる。

(1)〔狭衣ハ〕笛をしのびやかに吹き鳴らし給ひて、ほの見給ふ御かたちの夕映、まことに光る

やうなるを、（『狭衣』巻一）

(2)堀川おもてに、蔀長々として、入り門の心細げに暑げなるなりけり。しのびやかに門をうち叩けば、人出で来て問ふ。（『狭衣』巻一）

(3)（狭衣）「蝉紅葉に鳴きて漢宮秋なり」としのびやかに誦し給御声、珍しからん事のやうに、猶身にしみて、（『狭衣』巻一）

(4)心憂くて、（狭衣）「南無平等大會法華經」としのびやかにの給へるも、なべてならずきこゆるに、（『狭衣』巻二）

(5)しのびやかに、（中納言→母上）「（略）」とばかりなげき給へるけしき、いと残りおほげなり。（『浜松中納言』巻二）

(6)「（略）」と、しのびやかにの給なるけはひ、あてやかなり。（『浜松中納言』巻三）

(7)「（略）」とうちなげきたる、すこしおとなび過ぎて、しのびやかにあはれなり。（『浜松中納言』巻三）

(8)琵琶・箏の琴の人は、物語り忍びやかにしつゝながむめり。（『夜の寝覚』巻一）

(9)（宮中将）「（略）」と、気はひも、さまも、人よりはなつかしくなまめきて、いとしのびやかに言ひたるに、（『夜の寝覚』巻一）

⑽おしのけらるゝ音、忍びやかに鼻うちかみ、をのづから寝いらぬ気はいの、ほのかにもり聞ゆるを（『夜の寝覚』巻一）
⑾例の御帳のうちに、箏の琴をしのびやかに弾きすまいたまふなり。（『とりかへばや』上）
⑿さきなどもこと〴〵しうも追はせず、しのびやかにておはしたれば、（『とりかへばや』上）
⒀いひやる方なくいみじき御けしきなるに、しのびやかに泣きたまふけはひなるを、（『とりかへばや』上）
⒁釣殿に、月はくまなくさし入りたるに、大将は、なよゝかなる御直衣に、唱歌しのびやかに、笛吹きすさびつゝ、待ちきこえたまへるなりけり。（『とりかへばや』下）

「しのびやかに」は基本的に、前掲のように聴覚に関わる動作を修飾し〔声ヲヒソメテ〕〔音ヲカスカニシテ〕の意となるが、次の諸例などは、その意から、〔内密ニ〕のような派生的な意に使われている。

⑴′（洞院の上）「あな物狂をし。しのびやかにてこそ、出し給はめ。など、かう見苦しう集りたるぞ」（『狭衣』巻三）
⑵′（洞院の上）「あなかま、たまへ。いかなる事にても、かゝる事はしのびやかにてもてなしてこそあらめ。（略）」（『狭衣』巻三）

(3)´（一品宮）「いと心もとなげに思ひたるものを。院の御方に、しのびやかにてもありなん」（『狭衣』巻三）

(4)´また、わびしきに心もやなぐさむと、しのびやかにわたり給へれば、（『浜松中納言』巻二）

(5)´そのくれにも、しのびやかに立ち寄り給へれど、（『浜松中納言』巻二）

(6)´いまの乳母、姫君いだき奉りて、御方そひて、たち遅れつゝしのびやかにつゞけたり。（『夜の寝覚』巻二）

(7)´（帝→内侍のかみ）「（略）かの人（寝覚上）、むかしより思ふ心ふかゝりしかど、口惜しくてなむ、やみにし。「まかでなむ」とのみなむあめるを、なをしばし慕ひとゞめて、しのびやかに、思ふ事言ひきかすばかり、思しめぐらせ」（『夜の寝覚』巻四）

(8)´中納言殿の御乳母の月ごろわづらひけるが、爰にわたりて尼になりにける、とぶらひに、それもけふの、いみじく（中納言ハ）しのびやかにておはしたり。（『夜の寝覚』巻一）

(9)´したしう思しめす人二三人ばかり、いとしのびやかに、かろらかに、はひ渡り給も、（『夜の寝覚』巻四）

(10)´人賜一つに、御乳母、したしくさべきかぎり二人ばかり、御前にも、さぶらふかぎりいとしのびやかにて、にはかに嵯峨に参り給ふ。（『夜の寝覚』巻五）

⑾′御産屋にこもり給へる、さべきかぎり、うち〳〵にしのびやかにもてないたるばかりぞ、口惜しげなりける。（『夜の寝覚』巻五）

⑿′権中納言もまゐりたまひて、例の休み所に行きあひて語らふを、しのびやかに、人の返事をぞ書く。（『とりかへばや』上）

⒀′ありし人を思ひ出でて、殿上人などしづまりたるに、麗景殿のわたりを、いとしのびやかにたち寄りて、（『とりかへばや』上）

⒁′おほかたにはしのびて、例の中納言の方なる西の対に、しのびやかに入りたまへれば、（『とりかへばや』上）

⑾′では、「うち〳〵にしのびやかに」で、「みそかに」と同義となっている。⒁′では、「しのびて」という動作を表す語句と、「しのびやかに」併用されて後者は〔内密ニ〕の意を表している。「みそかに」が、それ自体で〔内密ニ〕〔秘密ニ〕の意を明確に表すのに対し、「しのびやかに（て）」は、文脈から間接的に〔内密ニ〕の意を表す。また、次に述べる通り、「しのびやかなる」「しのびやかなら（む）」等の用法を持ち、物語用語として、「みそかに」を次第に圧倒していく。

3.「しのびやかなる」「しのびやかなら（む）」

i （狭衣ハ）そのわたりをたゝずみ給程に、箏の琴のいたうゆるびたるを盤渉調に調べて、わざとならず、しのびやかなる、絶え〴〵聞ゆ。（『狭衣』巻一）

右の例は、琴の音の〔カスカナ〕ことを表しているが、次の例ii～viは〔内々ノ〕〔秘密ノ〕〔人目ニ立タヌ〕の意を表している。

ii あやしながら暮行ほどにまいり給へれば、しのびやかなる方にめしいでゝ、（『浜松中納言』巻五）

iii さるべくしのびやかなるかぎりさぶらはせ給て、（『夜の寝覚』巻一）

iv いみじううしろめたければ、しのびやかなる方よりまぎれ入給へれば、（『夜の寝覚』巻一）

v （中納言）「（略）げにこのほどは、さてぞよく侍らん。たゞしのびやかなるさまにて」と、（『夜の寝覚』巻四）

vi 洞院おもてに、右の大臣の君、しのびやかなるさまにて、迎へきこえんとおぼしたり。（『とりかへばや』下）

vii （中納言ハ）「（略）のどかにありつきなんのちにぞ、みづからばかりに、浅からぬ心のうち見

せ知らせて、語らひよりつゝ、しのびやかならん山里に、隠しすへたらん」とおぼしつるに、

（『浜松中納言』巻三）

右の「しのびやかなら（ん）」は、後続の「隠しすへ」から、（他人ニ知ラレナイ（ダロウ））の意であることが知られる。

4．「しのびて」

「しのびて」には、「うち」が冠せられた「うちしのびて」がある。これは、「しのびやかに」には無い用法であるので、この語に焦点を定めて、「しのびやかに」との相違を見る。

1（乳母→飛鳥井女君）「（略）かしこも、さやうの人、をはし通はむに、いとおかしき所なれば、うちしのびて、二三日も居給ふやうも侍なん。（略）」（『狭衣』巻一）

2むすめは、（略）まどろまざりつるなごり、寝入りたるところに、大貳うちしのびてきておどろかしつゝ、「この御返事目とゞめ給ばかり」と教へてかゝす。（『浜松中納言』巻二）

3（宮中将→中納言）「（略）さるもとゐさだめて、うちしのびては、海人の子をもたづね侍らん。（略）」（『夜の寝覚』巻一）

4（内大臣→ねざめ）「（略）あが君、かくな思しそむきそ」と、ひきかへつゝ、なぐさめこしら

へて、からくして、さすがにうちしのびてあゆみいで給ふ。（『夜の寝覚』巻四）

5殿はやがてこなたにとまり給ぬるを、宮の御方には、月ごろの定に、うちしのびてだにあらず、かたはらに人なきさまにもてなして、（『夜の寝覚』巻五）

6なべてのけしきならずと見知らるれば、なさけなからぬほどに語らひて、人々来る音すれば、うちしのびて、たちあかれぬ。（『とりかへばや』上）

「しのびて」の多くは、「しのぶ」〈人目を避けるようにする〉〈他人に見られぬようにする〉〈隠れるようにする〉に「て」の下接した用法で、「みそかに」よりも、動作性を多分に含んでいる。特に、「うちしのびて」は、動作の発生を表す「うち」が冠せられて、〈ソット・サット隠れるようにして〉の意を表す。（注6）

四、鎌倉時代の説話文学の「みそかに」「しのびやかに」「しのびて」

ここでは、『古本説話集』『宇治拾遺物語』の二つの作品について、表題の三語の意味差を考察する。（両作品とも「新　日本古典文学大系」から、引例。）

1.『古本説話集』の「みそかに」「しのびて」

「みそかに」

1．殿上人四五人ばかり、(略)雲林院に行きて、丑の時許に帰るに、斎院の東の御門の細目に開きたれば、そのころの殿上人・蔵人は、斎院の中もはかぐ〳〵しく見ず、知らねば、「かゝるついでに院の中みそかに見む」と言ひて入りぬ。(一　大斎院事)

2．夜の更けにたれば、人影もせず、東の塀の戸より入りて、東の対の北面の軒にみそかに居て見れば、御前の前栽、心にまかせて高く生い茂りたり。(同　右)

1．2．の引用文はこのまま連続している。そして、この作品では「みそかに」は、この2例である。この2例で「みそかに」が、〈見ルマジキ所ヲ見ル〉〈居ルマジキ所に居ル〉という意味に関して用いられた〈内密ニ〉の意であることが改めて確認される。

ところが、これ以外のところでは、「しのびて」が用いられている。

「しのびて」

1今は昔、人の妻にしのびて通ふ僧ありけり。元の男に見つけられて、詠みかけける、(歌略)といへば、元の男、(歌略)このみそか男は賀朝といひたる学生説教師也。(一七　賀朝事)

2さて、この三人の俗、心を合はせて、このかたちを頭にして、王宮に入りぬ。もろ〳〵の后犯す。后たちは、目に見えぬ物の、しのびて寄り来るよしを、御門に申。

（六三　竜樹菩薩先生以隠蓑笠犯后妃事）

1の例などは、後続句に「みそか男」と出てくるので、「しのびて」のところに、「みそかに」が使われても良さそうなものであるが、逆に言えば、「しのびて」が〔内密ニ〕の意を含む文脈（場面）であることは明快であるので、〔隠レテ〕〔人目ヲ避ケテ〕のような動作の意を含む「しのびて」を用いたと説明できよう。

2.『宇治拾遺物語』の「みそかみそかに」「みそかに」と、「ヒソカニ」

「みそかに」は、説話文学の二作品で〔内密ニ〕の意を極めて強く表す語となっていたと思われる。

この作品では、「みそかに」が6例、さらに「みそかみそかに」という用法も表れる。そして1例ではあるが、「ヒソカニ」も用いられる。

「みそかみそかに」

0.（小侍）「（略）あれは七条町に江冠者が家の、おほ東にある鋳物師が妻を、みそか〳〵に入臥しくせし程に、去年の夏、入り臥したりけるに、男の鋳物師、帰りあひたりければ、とる物もとりあへず、逃て、西へ走しが、冠者が家の前程にて、追つめられて、さいづへして、額をうち割られたりしぞかし。冠者も見しは」(五　随求ダラニ籠額法師事)

「みそかに」

1. 家あるじの男、夜ふけて、立聞くに、男女の忍て、物いふけしきしけり。「さればよ、かくし男、来にけり」と思て、みそかに入て、うかゞひみるに、我寝所に男、女と臥たり。(二九　明衡、欲逢殃事)

2. 我妻の、下なる所に臥して、「我男のけしきのあやしかりつるは。それがみそかに来て、人違へなどするにや」とおぼえける程に、(同右)

3. 「我身ながらも、かれに、よに恥ぢがましく、ねたくおぼえし」と、平中、みそかに、人としのびて、語りけるとぞ。(五〇　平貞文、本院侍従等事)

4. 其ひかへたる物、「四巻経、書奉らんといふ願をおこせ」とみそかにいへば、いま門入程に、「此咎は、四巻経書供養してあがはん」といふ願を発しつ。(一〇二　敏行朝臣事)

右の例は、「みそかに言ふ」で、〈秘密ヲ漏ラス〉の意となる。

5. このあづま人、「(略)」とて、此櫃にみそかに入臥して、左右のそばに、この犬どもを取

り入れていふやう、（一一九　吾嬬人止生贄事）

6．さる程に、この櫃を、刀の先してみそかに穴をあけて、あづま人見ければ、（同　右）

「ヒソカニ」

●晴明が思やう、「（略）」と心の中に念じて、袖の内にて印を結て、ひそかに咒を唱ふ。

（一二六　晴明ヲ心見僧事）

この「ヒソカニ」は、〈小声デ〉の意で、前掲の「みそかに」とは全く意味が異なる。『宇治拾遺物語』の「ヒソカニ」の用法は、一、に採り上げた『うつほ物語』と共通していると言えよう。日常的用語「ヒソカニ」が、物語用語「みそかに」に圧倒されていく時代から、再び「ヒソカニ」が、日常的用語に止まらず、文学用語としても用いられる時代に入ったことを、『宇治拾遺物語』の1例が、示唆しているのである。

おわりに

「みそかに」は、〈内密ニ〉〈秘密ニ〉の意をそれ自体が、明確に表す物語用語として「みそか男」「みそかなり」等から類推的用法として生じた。

一方、「しのびやかに（て）」・「（うち）しのびて」は、本来〈小声デ〉・〈隠レテ〉などの意を表すが、文脈から間接的に〔内密ニ〕の意を表す例もある。その傾向は平安末期の物語ではかなり強くなっている。また、特に「しのびやかに」は、「しのびやかなる」「しのびやかなら（む）」の用法と相俟って、「みそかに」を次第に圧倒していく。

鎌倉時代の説話文学の一部には、「みそかに」が用いられ、平安時代の意味を継承して説話の場面で適切に生かされているが、日常的用語の「ヒソカニ」も「みそかに」の意味差を意識して用いられ始め、平安末期から「しのびやか」「しのびて」に圧倒されていた「みそかに」は衰退から、やがて消滅に向かうのである。

「みそかに」が消滅して、「ヒソカニ」が文学用語ともなった諸作品の、「ヒソカニ」「しのびやかに」「しのびて」の意味差については、後考を期したい。

（注1）　拙稿「『土左日記』の言葉選び―いわゆる漢文訓読語と和文語の併用について―」（梅光学院大学・女子短期大学部　論集第35号・二〇〇二年）

（注2）　「日常的用語」の定義は、拙稿「平安時代の表現語彙と読解語彙―文体史研究のあり方試論―」（梅光学院大学日本文学研究第38号・二〇〇三年）に記したが、「表現者が言語表現を行うにあたって、意図的な用語選択の意識の極めて弱い状況下で使われた語」の謂である。「ヒソカニ」はその典型的なものの一つと考えられる。

（注3）大槻美智子「「みそかに」「しのびて」「しのびやかに」の語義と文章表現─源氏物語とそれ以前─」（《『国語語彙史の研究十九』二〇〇〇年》所収）

（注4）拙稿「『三宝絵詞』の用語と表現」（山口大学文学会志第48巻・一九九七年）

（注5）春日和男説では、「修正上の手落ちであろうか。」とする。（『説話の語文』・一一二頁）

（注6）拙著『平安時代和文語の研究』（一九九三年）の第六章　接頭語「うち」の意味。

第三章　平安和文の「いはむや」の用法

――会話文中の用例を中心に――

「いはむや」は、漢文訓読によって生じたとする説が一般化し、(注)類義語である「まして」との違いは必ずしも明確にされていない。本章は、「いはむや」の「まして」との意味差に重点を置き、「いはむや」が、会話文に多く用いられるところから、その会話主の物語の登場人物としての役柄に注意してみたい。そして、「いはむや」が何故に「役柄語」としての性格をも持つに至ったかを、「まして」との意味差に起因するものとする観点から捉え直してみる。

本章での引用文テキスト――『落窪物語』『伊勢物語』『源氏物語』『大鏡』……「日本古典文学大系」。

『竹取物語』……「新　日本古典文学大系」。『うつほ物語』『蜻蛉日記』『栄花物語』……「新編日本古典文学全集」。

一

『竹取物語』では、「いはむや」は次のように用いられる。

以下、各用例の後に、類義語「まして」との意味差を確認するために〔　〕中に現代語への置き換え（いわゆる、現代語訳）を添える。

◎おのこども、仰せの事をうけたまはりて申さく、
「仰の事はいともたうとし。たゞし、この玉、たはやすくはえ取らじを。いはむや、竜の頸の玉は、いかゞ取らむ」

と申あへり。

〔家来ドモガ（大納言ノ）仰セ言ヲ承ッテ申シ上ゲルニハ、「仰セ言ハ大変ニカタジケノウゴザイマス。デスガ、コノ玉ハ、容易ニハ採ルコトハ出来マセヌ。言ウマデモナク、竜ノ頸ノ玉ハ、ドウシテ採レマショウ」ト皆デ申シ上ゲル。〕

一方「まして」は、次のように用いられる。

○大納言、起き居てのたまはく、
「汝ら、よく持てこずなりぬ。竜は、鳴る神の類にこそありけれ。それが玉を取らむとて、そ

こらの人〻の、害せられなむとしけり。まして、竜を捕へたらましかば、又こともなく、我は害せられなまし。（略）」

〔大納言ガ、起キ上ガリスワッテオッシャルニハ、「オマエタチ、竜ノ頸ノ玉ヲヨクゾ持ッテコナカッタ。竜ハ、空ニ鳴ル雷ト同類デアッタ。ソノ玉ヲ取ロウトシテ、多クノ人々ガ殺サレヨウトシタ。マシテ、竜ヲ捕ラエデモシタラ、又問題ナク、私ハ殺サレテイタダロウ。（略）」〕

家来が「漢文訓読語」を用い、主人である大納言が「和文語」の「まして」を用いている。「漢文訓読語」が一定の教養のある人の用いる語であったとすれば、これは、逆の現象のように思われる。

では、「まして」の地の文の用例を挙げてみる。

○内侍「（略）まさに、世に住み給はん人の、うけたまはり給はで有なむや。いはれぬ事なし給ひそ」と、言葉はづかしく言ひければ、これを聞きて、ましてかぐや姫、聞くべくもあらず。

〔内侍、「（略）ドウシテ、コノ世ニ住ミナサロウトスル人ガ、（帝ノ仰言ヲ）オ受ケ申シ上ゲナサラナイデイラレヨウカ。筋ノ立タヌコトヲナサルナ」ト、言葉ヲ強メテ言ッタノデ、コレヲ聞イテ、ナオサラカグヤ姫ハ承知スルハズモナイ。〕

この「まして」は、「いはむや」との意味差が明確に表れている例である。

『うつほ物語』では「いはむや」は、次のように用いられる。

◎阿修羅、いやますますに怒りていはく、「（略）たはやすく来たれる罪だにあり、いはむや、そこばくの年月、なで生ほし木づくる。（略）」といひて、（俊蔭）

〔阿修羅ハマスマス怒ッテ言ウニハ、「（略）（オ前ガ）ヤスヤストココマデ入リ込ンデ来タ罪ダケデモ重イノニ、言ウマデモナイガ、多クノ年月ヲカケテ大切ニ守リ育テタ木ダ。（略）」ト言ッテ〕

◎比叡の山に、総持院の十禅師なる大徳のいふやう、「（略）百万の神、七万参千の仏に、御灯明、御幣帛奉りたまはば、仏神おのおの与力したまはむ。天女と申すとも、下りましなむ。いはむや、娑婆の人は、国王と聞こゆとも、赴きたまひなむをや。また、山々、寺々に、食なくもの なき行ひ人を供養したまへ」と聞こゆ。（藤原の君）

〔比叡山ノ総持院ノ十禅師デアル高徳ノ僧ガ言ウニハ、「（略）百万ノ神、七万三千ノ仏ニ、オ灯明、御幣ヲ献納サレレバ、仏神ガソレゾレオ力ヲ添エテ下サルダロウ。天女ト申シ上ゲル方モ、天下ッテイラッシャルダロウ。言ウマデモナイガ、コノ世ノ人々ハ、国王ト申シ上ゲル方デモ、アナタノ願イヲ聞キ入レナサルダロウ。マタ、山々、寺々ニ食モナク苦行シテイル人ヲ供養ナサイ」ト申シ上ゲル。〕

右は、阿修羅と大徳が用いた例である。大徳は経典等を訓読することが日常的であるから自然にそれがセリフに出たとする考え方も出来そうだが、阿修羅については当てはまらない。

◎（千蔭→帝）「千蔭が上に災ひなることを奏しはべりつるとなむうけたまはりし」。帝、「さらにいふことなし。人の上にだにいふことなかりし人なり。いはむやさらに親の上にはいひてむや。心を知れらむ人は、さる逆さまのことをいふとも、まことと思ほしなむや。（略）」（忠こそ）

〔「ワタシノ身ノ上ニ災難ガフリカカルヨウナコトヲ、（忠コソガ）奏上シタト聞キ及ビマシタ」。帝、「ソンナコトハ少シモイッテイナイ。他人ノ噂サエイッタコトノナイ人ダ。言ウマデモナイガ大切ナ親ノ身ノ上ノコトヲワルクイウコトガアロウカ。忠コソノ性格ヲヨク知ッテイル人ハ、ソンナ道理ノ通ラナイコトヲイッテモ、本当ダトオ思イニナルダロウカ。（略）」〕

右の例は、帝が強い口調で、千蔭を諫めているものである。「いはむや」は、その後に続く文言について、〝言うまでも無いことを言って置くのだ〟という強い語気と含意を伴って、聞き手（臣下の千蔭）にインパクトを与える効果を持っているのである。

◎おとど、（兼雅→元行）「（略）これは、かくにはかに労ある宣旨にてあることなるを、女の饗などのこと、いと清らになむせまほしき。饗のこと、心殊にあるべし。いはむや、ただ今の女官どももなり。やむごとなき典侍など、はたものしたまふを、用意せむ。（略）」など、いとくはしくのたまひて遣はしつ。（内侍のかみ）

〔右大将殿、「（略）コノ度ハ、コノヨウニ急ニ恐レ多イ宣旨ヲ受ケテノコトダカラ、女官タチノ饗応ナドノコトハズット立派ニヤリタイ。宴ノコトナド、コトニ入念ニ準備セヨ。言ウマデモナク、評判ノ女官タチデアル。ソノ中ニハ高貴ナ家柄ノ典侍モマタオイデニナルカラ、十分ニ心ヲクバッホシイ。（略）」ナドト、タイソウ詳シク言イ含メテ自邸ニオ遣ワシニナッタ。〕

右は、兼雅が部下の元行に饗宴の準備を〝しっかりやれ〟、と命じているセリフである。

◎右のおとど、（正頼→季明）「（略）宰相の君におきたてまつりては、正頼にくはしくいふ人侍らましかば、何かともかく思ひたまへまし。仰せ言なくとも、むかしのことをさらに忘れはべらず。いはむや、さらにかく仰せらるれば、よからぬ男子どもよりも、いかでとなむ思ひたまふる」など聞こえたまふ。（国譲上）

〔右大臣殿ハ、「（略）宰相ノ君ニ関シマシテハ、コノ正頼ニ詳シクイッテクレル人ガオリマシタラ、ドウシテトモカクモ迷ウコトガアッタデショウカ。タトエ兄上ノ仰セガナクトモ、昔カラノヨシミヲ忘レルコトハケッシテゴザイマセン。言ウマデモナク、コノヨウナオ言葉ヲ賜ッタウエハ、フツツカナ自分ノ息子ドモナド以上ニ、ゼヒトモオ世話ヲ致シタイモノト存ジテオリマス」ナドト申シ上ゲナサル。〕

この例は前例とは逆に、正頼が重病の兄季明に後事を託されて、兄の心残りに思っている事柄について、「仰せ言なくとも」と言い、ましてや、「仰せらるれば」という文脈で用いたものである。「まして」では言い表せない含意が「いはむや」に込められている。

◎おとど、（正頼→忠澄）「しかれど、一ところをだにわれらかしづきたてまつるべし。いはむや、七ところの孫の宮たち迎へたてまつりたらむに、何のこととかあらむ。（略）」（国譲下）
〔左大臣殿、「ソウハイッテモ、オ一人デモ我ラハ大切ニオ育テ申シアゲルダロウ。言ウマデモナク、七人ノ孫ノ宮タチヲオ迎エ申シアゲルノニ、ナンノコトガアロウ。（略）」〕

右は、正頼が息子の忠澄に返す言葉の中に用いられ、「いはむや」以下を強く主張しているものである。

「いはむや」は、このほかに祭の使巻の〝文人たち〟とおぼしき会話文中に1例使われている。

以上の通り、『うつほ物語』では会話文に限定され、地の文の用例を見ない。この点から、『竹取物語』の「いはんや」の1例も、作者によって恣意的に用いられたのではなく、両作品に共通する意図的な使用法であると考えられる。身分の低い者や阿修羅のような異常な登場人物の役柄を表す一方で、高貴な人物のセリフでは「まして」では表し得ない語気・含意を伴う、セリフとしての「いはむや」の意図的な使用がなされたものと考えられる。

『落窪物語』では「いはむや」は、次のように用いられる。

◎（新大納言忠頼→子供たち）「異子供、是うらやましとだに思ふべからず。同じ様に力入り、親に

孝したるだに、少し人々しきになんよろしき物取らする。いはんや、こゝらの年比返り見るを恩にやと思へ」（巻四）

〔「ホカノ子供タチハ、女君ヲウラヤマシイトサエ思ッテハイケナイ。大将御夫妻ト同ジヨウニ力ヲイレテ親ニ孝行シタ者ガイナイ。世間デモ少シ人間トシテ取リ柄ノアル者ニハ、相当ノ物ヲ与エルノガ習慣ダ。言ウマデモナイガ、多年ノ間、オ前タチノ面倒ヲミタ事ヲ、親ノ恩カト思エ」〕

◎（越前守→道頼）「いと不便なる事。身づからしおき侍らぬ事なりとも、殿にのみなんしろしめすべき。いはんや更に我がかくしおくなどいひおき侍りしにたがひては。誰も〳〵皆少しづゝ分たれ侍るめる物を」とて、取らねば、（巻四）

〔「ソレハタイヘン都合ノ悪イ事デス。仮ニ故大納言自身ガ遺産ヲソウ処理シテオカナカッタ事デゴザイマシテモ、遺産ハ大将様ダケガ、領有ナサルベキデス。言ウマデモナク、ソノウエ故大納言ガ、「私ガコウ処置シテオク」ナドト遺言シテオキマシタノニ違反シテハイケマセン。故大納言ノ遺族ハ誰モ彼モガソレゾレ少シズツ分ケラレテオリマスヨウデスカラ」ト受ケ取ラナイノデ、〕

右の二例は男性貴族のセリフに用いられたものである。後者の例に「新潮古典集成」が「紋切型の男性用語」と注するのは、「漢文訓読語」＝男性会話語とする通説からの固定観念によったものか、と思われるが、その非であることは次の例で明快である。

◎（左大臣邸カラ出向イル女房タチノ心中）「（略）同じ程の殿にだに、御心よからん方にこそ仕うまつらめ。いはんやさらにこよなや。（略）」と、下づかへまで思ひて、（巻四）

〔「（略）同ジ身分程度ノオ邸デサエ、ソノ御主人ノオ気立テノヨイホウニコソ御奉仕シタイワネ。言ウマデモナク左大臣ト権帥デハ身分ニ格段ノ差ガアルモノネエ。（略）」ト、下仕エマデガ思ッテ、〕

（　）内に補った通り、会話文そのものではないが、女房たちの心中をセリフ並に描出した表現で、位相差ではではなく、意味差によって、「いはむや」が用いられたものである。

一方、「まして」は、次のように用いられる。

○（大将ノ北ノ方↓新大納言）「（略）こゝには只何もかもなたびそ。君達にあまねく奉らせ給へ。ましてこゝに誰も〳〵住みつき給へるに、おもはぬ方に侍らん、いと見ぐるし。（略）」（巻四　二一二ぺ）

〔「（略）私ニハ何モクダサルナ。オ子様方ニスベテ差シ上ゲテクダサイ。マシテコノ家ニハオ子様方皆様ガ住ミツイテイラッシャルノニ、思イガケナイコトデゴザイマスノガ、タイヘン見苦シイ。（略）」〕

○越前守たゞ腹立ちに腹立ちて、爪はじきをして、「うつし心にはおはせぬか。（略）まろらをいたづらになし給はんとや。（略）ひきかへて、かくねんごろにかへりみ給ふ御徳をだに、かつ見で、かくの給ふ。まして昔いかなるさまに。（略）」といへば、（巻四）

〔越前守ハ、ヒドク立腹シ、爪弾キヲシテ、「母上ハ正気デイラッシャラナイノデスカ。（略）私タチヲ破滅サセヨウトナサルノデスカ。（略）ソレニヒキカエテ、コノヨウニ御親切ニ配慮シテクダサル御恩徳ヲサエ、ヨク理解セズ、コノヨウニオッシャル。マシテ、昔ハドンナフウニ（女君ヲ虐待ナサッタカ。）（略）」ト言ウト、〕

前掲の引用で「いはむや」を用いて居た越前守が、右の例では「まして」を用いている。この例は、聞き手は越前守の母親であり、いかに理不尽なことを言う相手でも、強い語気を伴う「いはむや」は、さすがに用いにくいのである。「おはせぬか」「なし給はんとや」「の給ふ」などの母親の動作はキチンと尊敬語で表現していることも関連する。

○北の方、「（略）たゞ受領のよからんをがなとこそ思ひつるに、まして上達部にもあなり。いと〱うれしき事なり。（略）」といへば、（巻四）

〔北ノ方ハ、「（略）受領デ悪クナイヨウナ方ヲ婿ニシタイト考エテイタガ、ゴ紹介ノ婿君ハソレ以上ノ上達部デイラッシャルヨウダ。コノ上モナク大変ウレシイコトノヨウダ（略）」ト言ウト、〕

○大臣対面し給ひて、物語し給ふ。「よそにても心ざし侍りしを、今はましてなん。（略）」（巻四）

〔左大臣ハ権帥ト対面ナサッテ親シクオ話シナサル。「他人デアッタ時デモアナタニ好意ヲモッテイマシタガ、縁続キニナッタ今ハマシテ（親シクシタイト存ジマス。（略）」）〕

右の二例のうち、前者のように、「まして」は文中でも自由に用いられるとともに、「いはむや」

とは意味差も大きい。また、後者の例は、「まして」に続けて「なん」と言って、後は文脈にまかせるという用法であり、「いはむや」には見られないものである。

二

『伊勢物語』では、「いはむや」は、次のように用いられている。

◎されど（女ハ）若ければ、文もおさ〳〵しからず、ことばもいひ知らず、いはむや歌はよまざりければ、かのあるじなる人、案を書きて、かゝせてやりけり。（百七段）

〔ケレドモ、（女ハ）年少ナノデ、手紙モシッカリ書ケズ、恋ノ言葉モ知ラナイ、言ウマデモナク歌ハ詠マナカッタカラ、例ノソノ家ノ主人デアル男ガ、手紙ノ案文ヲ書イテ、ソレヲ女ニ書カセテ贈ッタ。〕

前節の用例と違うのは、地の文に用いられ、しかも、文中の使用例である。ここで、何故に「いはむや」が用いられたかは、次に引用する「まして」と対比して見れば、明らかになる。

○女、

大淀の浜におふてふみるからに心はなぎぬ語らはねども

といひて、ましてつれなかりければ、おとこ、（七十五段）

〔女ハ「大淀ノ浜ニ生エテイルトイウ海松、ソノ見ルトイウ言葉ドオリ、アナタヲ見ルトモウ心ハ落チ着キマシ

タ。契リハ交ワシマセンデモ」ト詠ンデ、以前ヨリモ冷淡デアッタノデ、男、〕

この明確な意味差は、1で採り上げた『竹取物語』の「いはむや」と「まして」とのそれと全く符合しているものである。「いはむや」の地の文での使用は、『伊勢物語』においては、歌物語としての性格上、「いはむや」をセリフに用いて、登場人物の役柄と関わらせる必要などなかったのである。

これに関連して、次に、『蜻蛉日記』と『源氏物語』の「いはむや」と「まして」の用例を見る。

『蜻蛉日記』では次の通り、「いはむや」は「まして」と同じ場面に併用されている。

◇うち過ぎて、山路になりて、京にたがひたるさまを見るにも、このごろのここちなればにやあらむ、いとあはれなり。いはんむや、関にいたりて、しばし車とどめて、牛かひなどするに、むな車引きつづけて、あやしき木こりおろして、いとをぐらき中より来るも、ここちひきかへたるやうにおぼえていとをかし。（略）いふかひなき心だにかく思へば、ましてこと人はあはれと泣くなり。（中）

〔（賀茂川ノアタリヲ）過ギテ、山路ニナッテ、京トハマルデ違ッタ景色ヲ見ルニツケテモ、コノゴロノヒドク孤独ナ、何事ニモ感ジヤスクナッタ心持ノセイデアロウカ、シミジミト心ウタレル。言ウマデモナイガ、逢坂ノ関ニ着イテ、シバラク車ヲトドメテ、牛ニ餌ヲ与エタリシテイルト、荷車ヲ何台モ引キ連ネ、見タコトモナイ木ヲ伐リ出シテ、ホノ暗イ木立ノ中カラ出テ来ルノヲミルト、気分ガウッテ変ワッタヨウニ思ワレテ、トテモオモシロイ。（略）絶望的デ余裕ノナイワタシノ心デサエ、コレホドニ感ジルノダカラ、マシテ同行ノモウ一人ノ人ハ、景色ノスバラシサヲメデテ涙ニムセンデイルヨウダ。〕

作者の唐崎祓いの紀行の一節で、賀茂川を過ぎた辺りの情景に感動した後、逢坂の関の風情を述べるに先立って「いはむや」を用いている。有名な景勝の地を描写するに当たって、〝今更書くまでもないが〟という作者の用心深い表現技法と言えるのではないか。さらに、自分の境遇よりはましな同行の人のことに及んで「まして」を用いるのも、類義語の意味差を意識する用法であろう。

「まして」は、前掲の他に、

○このいまひとかたの出で入りするを見つつあるに、いまは心やすかるべきところへとて、ゐて渡す。とまる人まして心細し。（上）

〔アノモウ一人ノ方ガ姉ノモトニ通ウノヲズットカタワラデ見ツツ暮シテイルウチニ、トウトウ気兼ネノナイ所ヘト姉ヲ連レテ行クコトニナッタ。アトニ残ルワタシハ、イヨイヨ心細イ。〕

○子どももあまたありと聞くところも、むげに絶えぬと聞く。あはれ、ましていかばかりと思ひて、

とぶらふ。（上）
〔子供ガ幾人モイルト聞イテイル人ノ所モ、アノ人ノ訪レガスッカリ途絶エテシマッタト聞ク。アア、ワタシ以上ニドンナニカト思ッテ、手紙ヲヤル。〕

の例を見ても、「いはむや」とは、明確な意味差を確認できる。

『源氏物語』でも、次の通り「いはむや」は「まして」と同じ場面に併用されている。

◇（源氏→夕霧）「（略）（七絃琴ハ）調べひとつに、手を弾きつくさん事だに、はかりもなき物なゝり。いはむや、多くの調べ、わづらはしき曲、おほかるを、心に入りしさかりには、世にありとあり、こゝに伝はりたる譜といふものゝ限りを、あまねく見合はせて、後〳〵には、師とすべき人も、なくてなむ、この道、ならひしかど、猶、あがりての人には、当るべくもあらじをや。まして、「この後」といひては、つたはるべき末もなき、いと、あはれになむ」（若菜下）

〔（七絃琴ハ）アル調子一ツヲ弾キコナスコトダケデサエ、計リ知レヌホドムズカシイモノノヨウダ。言ウマデモナイガ、多クノ調子、ヤッカイナ曲ガタクサンアルノヲ、ワタシガコレニ熱中シテイタコロニハ、マッタクアリトアラユル、コノ国ニ伝ワッタ譜トイウ譜ノ全部ヲドレモコレモ調ベアワセテ、シマイニハトウトウ師ト仰グベキ人モナクナルホド打チコンデ習ッタモノダガ、ソレデモヤハリ昔ノ名人ニハ追イツキソウニナイイッテコトヨ。マシテナオサラ、コレカラ後ノ　世トイウト、伝授デキソウナ子孫モイナイノガ、マッタク心カラサビシイコトデネ」

『蜻蛉日記』の地の文は『源氏物語』の会話文（セリフ）に共通するところがある、と見てよいのではないか。何となれば、『蜻蛉日記』は作者自らの語りであり、その語りのなかで、前掲のような「いはむや」と「まして」の意味差に基づく用法がなされたのである。一方、『源氏物語』では、登場人物の背後にいる作者が、主人公光源氏をして「七絃琴」の弾奏と伝授の難しさを「いはむや」と「まして」とを使い分け、息子の夕霧に語りかけさせているのである。

三

『栄花物語』になると、会話文と地の文に「いはむや」が用いられるようになる。また、「まして」との対比は必ずしも要しないところから、「いはむや」の用例に番号を付して挙例する。

会話文の例

1（道長→明順）「かくあるまじき心な持たりそ。かく幼うおはしますとも、さべうて生まれたまへらば、四天王守りたてまつりたまふらん。ただのわれらだに、人の悪しうするにはもはら死なぬわざなり。いはんや、おぼろけの御果報にてこそ人の言ひ思はんことによらせたまはめ、まうとたちは、かくては天の責をかぶりなん。われともかくも言ふべきことならず」

（はつはな）

〔コノヨウナ不都合ナ心ヲ持ッテハナルマイゾ。若君ハコノヨウニ幼クイラッシャロウトモ、シカルベキ因縁ガアッテコノ世ニオ生マレニナラレタ以上、四天王ガオ守リ申シ上ゲナサッテイルダロウ。普通ノ我々ノヨウナ者デモ、人ノ憎シミヲ受ケテモ全ク死ヌナドアリ得ヌコトデアル。言ウマデモナイガ、イイ加減ナ御果報デアラレタラ、人ガドウ言イドウ思ウカニ左右ナサレモショウガ、御宿運格別ノ若宮ダゾ、オ前タチハコンナコトヲシテイテハ天罰ヲ被ルコトニナロウ。コノワタシガトヤカク言ウベキコトデハナイガ」〕

1は、道長が、明順を強い口調で叱責する場面である。「いはんや」以降は、〔言ウマデモナイガ〕と言っておいて、敢えて言う言葉に、明順は震え上がって、その数日後に死に至るのである。テキストの頭注では、先行句の「もはら」の注に「続く「いはんや」とともに漢文訓読系の語。道長の威嚇的なよそよそしい言葉遣い。」とある。「威嚇的な」はよいとしても、「よそよそしい」という注はこれまでの用法からすれば、「いはんや」については、当たらない。

2僧都の、御髪おろしたまふとて、（院源僧都）「（略）三帰五戒を受くる人すら、三十六天の神祇、十億恒河沙の鬼神護るものなり。いはんや、まことの出家をや」など、あはれに尊くかなしきことかぎりなし。（うたがひ）

〔僧都ガ御髪ヲオ下ロシニナロウトシテ、（院源僧都）「（略）三帰五戒ヲ受ケル人デサエ、三十六天ノ神祇、十億恒河沙ノ鬼神ノ護リガアルモノデアル。言ウマデモナク、真実ノ出家ニオイテハナオサラデアル」ナドト、シミジミト尊クモカナシイコトハ限リナイ。」

3（永昭講師）「（略）法華経書写供養の者、かならず忉利天に生る。いかに況んや、この女房のいづれか法華経を読みたてまつらざらん、兜率天に生れたまて、娯楽快楽したまふべし。況んや、金銀、瑠璃、真珠等をもて書写供養したまへり。（略）」（もとのしづく）

〔「（略）法華経ヲ書写供養スル者ハ、カナラズ忉利天ニ生マレル。殊更ニ言ウマデモナク、コノ女房タチノ誰ガ法華経ヲ読ミ申シ上ゲナイ者ガアロウカ、兜率天ニ生マレニナッテ、娯楽快楽ナサルニ相違アルマイ。言ウマデモナク、金銀、瑠璃、真珠等ヲモッテ書写供養ナサッタ。（略）」〕

3の「いかに況や」とあるのは、これまでに見られなかった用法で、「いはむや」より更に語気の強い言い方としてセリフに使われたと思われる。

4（院源僧都）「（略）輪王の位久しからず、天上の楽しみも五衰早く来り、ないし有頂も輪廻期なし。いはんや世の人をや。（略）」（つるのはやし）

〔「（略）天輪聖王ノ位モ久シクナク、天上ノ愉楽ニモ五衰ガ早ク訪レ、マタ有頂天ニモ輪廻ノヤム時ハナイ。言ウマデモナク、人間世界デハナオサラデアル。（略）」〕

地の文の例

1 四天王立ちたまへり。一仏の御装かくのごとし。いはんやならばせたまへるほど、心に思ひ、口に述ぶべきにあらず。（たまのうてな）

〔四天王モ立ッテイラッシャル。一仏ノ御装イハカクノゴトクデアル。言ウマデモナク九体ノ阿陀如来ガオ並ビニナッテオラレル有様ハ、心ニ思イ、口ニ述ベルコトモデキナイ。〕

2 「十千の魚、十二部経の首題の名字を聞きて、みな忉利天に生れたり」とあり。いはんや五日十座のほど講ぜられたまふ法華経の功徳いみじう尊し。（御裳ぎ）

〔「十千ノ魚ハ、十二部経ノ首題ノ名字ヲ聞イテ、皆、忉利天ニ生マレタ」トアル。言ウマデモナク、五日間朝夕十座ニワタッテ講ゼラレナサル法華経ノ功徳ハ極メテ尊イ。〕

3 一たび御名を聞きてかかり、況んや七仏を見たてまつらむほど、思ひやるべし。（とりのまひ）

〔一度御名ヲ聞イテサエコレホドデアル。言ウマデモナク、七仏ヲオ見上ゲ申シ上ゲル間、ソノ功ハ想像スルガヨイ。〕

『大鏡』でも「いはむや」は、会話文に1例、地の文に2例用いられている。

会話文の例

1 （皇后安子→村上天皇）「いかでかゝる事はせさせたまふぞ。いみじからんさかさまのつみありとも、この人〳〵をばおぼしゆるすべきなり。いはんや、丸がかたざまにてかくせさせたまふは、

いとあさましう心うき事なり。たゞいまめしかへせ」（第三、右大臣師輔）

〔「ドウシテコノヨウナコトヲナサルノカ。タトエ非常ナ大逆ノ罪ガアルトシテモ、コノ人々ハオ赦シニナルベキダ。イウマデモナク、ワタクシニカカワリノアルコトニコノヨウナ御処置ヲナサルトハ、ホントウニアマリニモ辛イオ仕打チダ。今スグオ召シ返シクダサイ」〕

皇后安子が、村上天皇に強い口調で懇願する。天皇はやむなく皇后の願いを聞き入れる場面である。女性の会話文に用いられるのは、これまでに無かった点が注目されるが、**一**で『落窪物語』の女性の心話文に見え、**二**の『蜻蛉日記』の見られた通り、「いはむや」は男性専用語でないことが、この例で更に確認できるわけである。

地の文の例

1みかど（村上）もこの女御殿（安子）にはいみじうをぢまうさせたまひ、ありがたきことをも奏せさせ給ふことをば、いなびさせたまふべくもあらざりけり。いはんや、自餘の事をば、まうすべきならず。（第三、右大臣師輔）

〔村上天皇モコノ女御ニハ随分恐レハバカリナサッテ、ムズカシイコトモコノ女御ノ奏上ナサルコトハ、オ拒ミナサルコトハデキナカッタ。言ウマデモナク、ソレ以外ノコトハ申シ上ゲルベキデナイ。〕

2いさゝかのことだにこのよならず侍なれば、いはんや、かばかりの御ありさまは、人のともか

くもおぼしをかんによらせ給べきにもあらねども、いかでか院ををろかにおもひ申させ給はまし。（第五、太政大臣道長）

〔ドンナ些細ナコトデモ前世ノ宿縁デキマルコトデスカラ、言ウマデモナク、コレホド重大ナ御事態ハ、一、二ノ人ノトカクノ思シ召シデオキマリニナルハズノモノデモアリマセンケレドモ、ドウシテ女院ノ御配慮ヲオロソカニ思イ申シ上ゲナサイマショウ。〕

四

「いはむ（ん）や」を、「役柄語」という仮称をもって論じたのは、冒頭にも述べた通り、この語が「漢文訓読語（訓点語）」として処理されてしまっている学界の現状に満足出来ないからである。和文は仮名文とも呼ばれ、平安初期には漢文に対して一段低い位置付けであったものが、『古今和歌集』以後、文学作品において、仮名でも表記される語として「いはむや」が用いられるようになる。「いはむや」は「まして」の使用に比べれば、はるかに少数ではあるが、文学用語としての独自の用法を与えられたのである。その始めの用法は会話語としてのそれである。それは、身分の低い家来や阿修羅のような役柄の登場人物のキャラを表す用法であり、帝や上流貴族のような役柄では、「まして」よりも、強い語気と含意を伴う用法として、時にはそのセリフに使わせる例も存した。しかし、平安後期の『栄花物語』『大鏡』になると、地の文にも少なからず使われており、「役柄語」としての用法は失われていくのである。

（注）　周知のごとく、「いはむ（ん）や」の研究の始まりは、山田孝雄『漢文の訓読によりて伝へられたる語法』（一九三五年）である。山田は当時の文語文に用いられる「況や……をや」の例文を挙げ、「この語法も亦漢籍の訓読により導かれたるものなりとす。」と述べているが、その記述の後に、平安朝の中期以前の用例として、本章でも採り上げる『竹取物語』『うつほ物語』『伊勢物語』等の例を引用して、「右の如くなれば、「いはんや」といふ語はなほ或は当時の普通語たりしものの如し。」と論じている。その後、春日政治「古点の況字をめぐって」（『国語と国文学15巻10号、一九三八年）・小林芳規「古点の況字続貂」（『東洋大学紀要』12、一九五八年）と詳論が続いて発表され、このテーマは「漢文訓読語（訓点語）」研究の中で深められたのである。一方、犬飼隆「副詞「まして」の発生と成長」（学習院女子短期大学「国語国文論集」第9号、一九八〇年）では、和文語の副詞の「まして」との比較において「いはむや」を論じて、次のような結論（の一部）を導いている。「（動詞から転じて副詞になった）「まして」の意義が程度の比較にのみかかわって具体性に欠けること、そして前後を対比するはたらきをもつことが（「いはむや」と）共通する。そのような理由から、「まして」と「いはむや」が区別されずに用いられる場合があったのではないか。」と。この踏み込んだ見解は、和文に用いられた「いはむや」の考察を深めたものとして、注目に値する。ただ、この論文にしても、「いはむや」を「漢文訓読語」とする前提で論述されていることは変わりがない。森田良行『基礎日本語』（初版一九七七年）では、「まして」の〔関連語〕として「いわんや」を挙げ、「「いわんや」は、「言はむや」で漢文訓読で生じた語」と記す。

第四章　「おそる」と「おづ」、「たがひに」と「かたみに」の意味

――中世王朝物語用語の用例から平安時代和文語の一側面を見る――

はじめに

本章は、中世王朝物語に見える平安時代の和文語と、いわゆる漢文訓読語の若干の例を手掛かりに、平安時代の和文の性格を溯って考察してみようとする試みである。(注1)旧稿において、一般に漢文訓読語であるとされている「あはれぶ（む）」「あやしぶ（む）」「うつくしむ」等の動詞が、中世王朝物語の用語としても使われており、これを平安時代の和文のものと対比してみると、これらの動詞は、平安時代の漢文訓読語の後裔とは見られず、平安時代において日常的用語であったものが、中世王朝物語の用語となったものであることを論じた。

本章においては、表題に掲げたように一般に漢文訓読語とされている「おそる」「たがひに」と、それとほぼ同義の語とされる「おづ」「かたみに」の中世王朝物語での使われ方を比較検討し、「おそる」「たがひに」が何故に平安時代の和文の多くで避けられたかを考えてみたい

なお、本章で用例採取に選んだ作品は、次の通りで、括弧内は引用に用いたテキストである。『海人の刈藻』『木幡の時雨』『苔の衣』『住吉物語』『風につれなき』『雫ににごる』『小夜衣』『しのびね』『しら露』（以上『中世王朝物語全集』、必要に応じて『鎌倉時代物語集成』の本文を参照した。）
『とりかへばや』（鈴木弘道『とりかへばや物語の研究校注編』）
『山路の露』（山内洋一郎『本文と総索引』）
『松浦宮物語』（萩谷朴『松浦宮物語〈角川文庫〉』・同『松浦宮全注釈』）
『我身にたどる姫君』（徳満澄雄『全註解』、今井源衛・春秋会のものを参照）
の一三の物語。

一、「おそる」と「おづ」

（1）「おそる」

「おそる」は、『松浦宮物語』『我身にたどる姫君』『雫ににごる』に少なからず使われているが、地の文の例に限定して挙げる。

1長きほこをとり、毒のやをまうけて、ふせぎたたかはむとするに、いくさ又おそれてすすみがたき時に、(『松浦宮物語』)
2燕王のからきまつりごとをおそれて、ふかき山にあとをたちてければ、ゆきかふ人もなくて、(『松浦宮物語』)
次の例は、「ふるふ」と複合した例で、宇文会という名を聞くだけで、震エ〈オソレル〉という心理動作の表現と認められる。
3大将軍宇文会、あめの下ならびなきつは物にて、ちからのたへ、身のたれる事、世のつねの人ににず。その名をきてだに、ふるひおそれぬ人なし。(『松浦宮物語』)
次の三例は、〈恐縮スル〉意のものである。
4(丹波の内侍ハ)かたちすがた人にすぐれたる若人、鬢・額、もののさきに目に立ちて、(略)言ひ知らずうるはしき顔つくりておそれ参るを、(『我身にたどる姫君』巻六)
5御扇五つ具して(女帝ガ)さし給はするを、(丹波の内侍ハ)また給はりて、なほ開けて見、さし上げ、下ろしして、おそれてまた参らするを、(『我身にたどる姫君』巻六)
6典薬某・いしいしといふ者、参り候ひて、御薬の事などやすらかならず、いつかしき(帝ノ)御身をおそれおぢたるさま、限りもなきに、(『我身にたどる姫君』巻八)
6の例は「おそる」と「おづ」では、意味の相違することを示す例で、「おそる」が〈恐縮スル〉意の心理動作であるのに対し、「おづ」は後述する通り、それが態度に表れて、〈オズオズトスル〉動作の表現である。

7権中納言は、よに、恐れて参り給はず。（『雫ににごる』）

右の例は、権中納言との不倫ゆえに内侍督をかって離縁した帝が、今は内侍督の死を悼み、権中納言は帝の怒りを恐れて、参内できない場面である。

次に名詞の「おそれ」は、『山路の露』『小夜衣』に次のように使われている。

1′守も「（略）みのほどにも過たる御めぐみをよろこび思ひのたまふ心ふかけれども、きこえさせむにつけておそれに思ひたまへつゝまれ侍る。（略）」などいゝちらしてたちていぬめり。

（『山路の露』）

2′かくあやしげなる男のものものしげなるが、なにの恐れもなく、（『小夜衣』）

前者は、常陸介の会話に用いられたもので、後述の『源氏物語』浮舟巻の内舎人の会話の動詞「おそる」と共通するとも見られるが、(注2) 後者は民部少輔が山里の姫君に遠慮なくふるまうことを述べた場面のもので、両者に共通するのは、前掲4・5・6の「おそる」の名詞化と見てよさそうな意味で用いられていることである。

「おそる」の平安和文の例は、次の通りである。

①春の花にほひすくなくして、むなしき名のみ、秋のよのながきをかこてれば、かつは人のみゝにおそり、かつはうたのこゝろにはぢおもへど、(『古今和歌集　仮名序』)

②(忠遠)「(略)がくもんにつかるゝをば、一どのしきおこなふおそれて、つかれふすることなし。あとをたちてこもり侍がく生なり」(『宇津保物語』まつりのつかひ)

③近江の守、(帝ガ)いかにきこしめしたるにかあらむと歎き恐れて、(略)帰らせ給ふ打出の浜に、世の常ならずめでたきかり屋どもをつくりて、菊のはなのおもしろきをうへて、御まうけつかうまつれりけり。国の守もをぢ恐れて、ほかにかくれをりて、たゞ黒主をなむすへ置きたりける。(『大和物語』一七二段)

④唐土の帝、この国の帝をいかではかりて、この国打ち取らむとて、常にこころみ事をし、あらがひ事をして、おそりたまひけるに、(『枕草子』二二七段(注3))

⑤(内舎人)「(略)便なき事もあらば、重く勘当せしめ給ふべき由なん仰言侍りつれば、「いかなる仰言にか」と、恐れ申し侍る」(『源氏物語』浮舟)

右の他に、『大鏡』に7例、『俊頼髄脳』に4例見られるが、前掲の5例から旧稿で採り上げた「あはれぶ」「あはれむ」に準じた考え方ができると思う。即ち、「おそる」は心理動作語であって、具体動作を通して物語の登場人物の心理を描き上げることを基本とする平安和文には、馴染まない語であったのである。

用例⑤の『源氏物語』のものは、内舎人という下級役人の会話に使わせることによって、物語中での異様な場面を作り出したものとも考えられそうである。これを聞いた浮舟の侍女右近は、「梟の鳴かんよりも、いと物恐ろし」とおびえるのでる。

③の『大和物語』のものは〈恐縮スル〉に近い意のもので、『我身にたどる姫君』『雫ににごる』のそれに一致する。

（2）「おづ」

「おづ」は、『松浦宮物語』『我身にたどる姫君』に次のように使われている。

1かれ（胡兵）がみじかきゆみやのおよばぬ程より、みならはずながき箭をはなつに、かしこきかためとたのめるあつきいたを、かれたる木の葉などのごとくにとほりて、うちなる人にあたる時、えびすふるひおぢて、くだりしりぞかむとする時に、（『松浦宮物語』）

右の例は、眼前に展開される状況を見て、「えびす」が、震エ〈オビエル〉動作の表現である。「ふるふ」と複合しているが、「おそる」の3の例とは明らかに相違している。

2言へば（関白ハ中宮ヲ）さしもおぢきこゆべきならねど、（『我身にたどる姫君』巻三）

3その後は、かつおなじうちに候ふ中将の君あしく思ひきこえたるをと、（狂前斎宮ハ）おぢなげき、ともすれば声をたててひめかせたまふ。（『我身にたどる姫君』巻六）

3は、侍女の中将の君に対し、狂前斎宮のする動作で、「わななく」に近い。

4（三位→大弐）「（略）『滝口など呼ばせて打たせん』など宣はせけるにおぢて、典侍殿もこよひは対面したまはぬなめり。はや、人に見え聞かれず、しのびて出でたまひね。（略）」と宣へば、名残りなくわななきて出でにけり。（『我身にたどる姫君』巻六）

右の場面は、三位の会話が終わった後、これを聞いた大弐が「わななく」とある。この例からしても「おづ」は、眼に見える動作を表し、「わななく」に近い。

次に「おづ」と同じく動作の表現と見られる「おそろしがる」は、『木幡の時雨』に次のように使われている。

○（中納言）「（略）さのみかく恐ろしがるべきことかは」

これについては、後述する。

「おづ」の平安和文の例は極めて多いがその中で注目すべきものを挙げる。

①大宮の御兄の藤大納言の子の頭弁といふが、（略）妹の麗景殿の御方に行くに、大将の、御さきを忍びやかに追へば、しばし立ちとまりて、「白虹、日を貫けり。太子、おぢたり」と、いとゆるらかにうち誦したるを、大将、「いとまばゆし」と聞き給へど、咎むべき事かは。
（『源氏物語』賢木）

右の例は、漢籍からの引用の「おづ」で、漢文訓読の際の用語においても「おづ」が用いられたことを示すものである。（注4）

②わか君（若紫）は、いと恐ろしう、「いかならん」と、わなゝかれて、いと美しき御肌つきも、「そゞろ寒げ」に思したるを、（略）（源氏ハ）あはれにうち語らひ給ひて、「いざ給へよ。をかしき絵など多く、雛遊びなどする所に」と、心につくべき事をのたまふけはひの、いとなつかしきを、幼き心地にも、いといたうおぢず、さすがにむつかしう、寝も入らず、みじろき臥し給へり。（『源氏物語』若紫）

右の例で、「おそろし」の直後に「わななく」が使われていることから、「わななく」は、「恐れる」思いの仕草に表れたものであることが分かるのに対し、「おづ」はそれ自体で、「恐れる」思いを仕草に表す語であるという違いがあると見られよう。

③（右近→源氏）「（略）頭の中将、まだ少将にものし給ひし時、見そめたてまつらせ給ひて、三

年ばかりは、心ざしあるさまに通ひ給ひしを、こぞの秋頃、かの右の大殿より、いと恐ろしき事の聞えまで来しに、ものおぢをわりなくし給ひし御心に、せん方なく思しおぢて、西の京に、御乳母住み侍る所になん、はひかくれ給へりし。(略)」(『源氏物語』夕顔)

④(狭衣ハ)御有様の、よろづこの世の人とも見え給はず、(両親ハ)いとゆゝしきにおぼしおぢて、御位をだに、「あまりまだしきに」と、ちごのやうなるものに、思聞えさせ給ひたるを、(『狭衣物語』巻一)

③④の「おぼしおづ」は、上述の如く仕草を表す「おづ」に「おぼす(思す)」が複合して心理動作を表す語となったものである。思うに、「おそる」は物語用語としては避けられたために、それと同義の「思ひおづ」を物語作者が造語したものであろう。(注5)

次に、前述の『木幡の時雨』の「おそろしがる」に関連して、平安和文から『源氏物語』の一例を挙げてコメントしておく。

○(妹尼)「たゞ、わが恋ひ悲しむむすめの、かへりおはしたるなめり」とて、泣く〳〵御達を出だして、抱き入れさす。「いかなりつらむ」とも有様見ぬ人は、恐ろしがらで抱き入れつ。(手習)

右の例は、この先行箇所に、浮舟が妖怪かと、僧都の弟子達に「恐ろし」とされた場面があり、それを受けてここで「おそろしがる」が用いられものである。『木幡の時雨』では「おづ」が用いられておらず、「恐ろし」からの派生である「おそろしがる」が選ばれたものであろう。

二、「たがひに」と「かたみに」

（1）「たがひに」

「たがひに」は、『松浦宮物語』『山路の露』『住吉物語』『海人の刈藻』『小夜衣』『しのびね』『しら露』『木幡の時雨』と、中世王朝物語の大半の作品に用いられる。

1「いかでこの国をさりなむ」と思へども、たがひにまもりいましめつつ、いささかのひまなし。（『松浦宮物語』）

2うこんも（略）めもくれて、こゝにては今一しほ涙におぼゝれゐたり。いと久しくなりぬれども、たがひにうち出たまふ言葉もなく、母君からうじてためらひつゝ「（略）」などいゐつづけて、ふしまろび給へば、（『山路の露』）

3中の君は姫君に、「これを」と聞こゆれば、（姫君）「そなたにこそ」と宣ふほどに、たがひに言ひかはし給ひて中の君、「（歌　略）」（『住吉物語』）

4（大将の上）「（略）」とのたまふさま、故上の御ありさま思ひ出でられて、（殿の上）「（略）」など互ひに語り出でて、猛きこととては、堰きもあへぬ御さまどもなり。（『海人の刈藻』）

5さまあしげにはげまし挑みて、互ひに争ひなどはものし給はざりしかど、さすがに遅き疾き花のけぢめ、色香の深さ浅さなどは、はかなく言ひ通はし聞こえ給ひにける昔のこと、つくづくと思し出でて、（『しら露』）

1は、弁の少将が国外へ出ようと思っても、太子方と燕王方とが交互に監視警戒をしていて、その機会（間隙）の無いことを言っている場面である。

2は、右近と浮舟母とが感激の余りに、交互に話を交わすこともならない状況を述べた一節である。

3は、中の君と姫君がかわるがわる話をする場面である。

4は、大将の上と殿の上がかわるがわる語り合う場面である。

右の四つの例では、双方の動作が相手方に向かってなされることを「たがひに」が、表している。

5は、大君が白露の君と、花の早咲き・遅咲きを言い争った昔のことを思い出している場面で、みっともなくは交互に争わなかったという一節である。

しかし、『小夜衣』では「たがひに」が多用され、その中には次のような例が見える。

6宮は、かかる絶え間を思ふにこそと、ことわりに心苦しくて、御袖もうちしをれつつ、たがひにあはれに深き御仲の、

7（兵部卿宮ト山里の姫君ガ）いとど、らうたげなる御さまどもに、たがひにあはれなる御気色にてさし並び給へるは、

6・7の「たがひに」は、後続の「あはれに深き」「あはれなる」を修飾し、「双方ともに」の意で用いられているものである。次の3例も類似のものである。

8（帝心中）「（略）（中納言ハ）大将の娘に、この頃かよふなるを、さやうの乱れに思ひうんじて、この内侍をしるべに、まよひ出でつらん。もしさもあらば、たがひに思ふらんはことわりぞかし。（略）」（『しのびね』）

9（中将ト白露君ハ）互ひに、思ほへず、ゆくりなき様に逢ひ見給ふを、夢かとのみ思し辿らるるにも、わかれぬ御涙ぞとどめがたき。（『しら露』）

10（中将→翁・嫗）「（略）さりとも、年頃慣らひ給ひて、今さらひき離れ給はんことも、互ひにいかにぞや思ひ給ふらんを、もろともにさぶらひ給ひなんや。（略）」（『しら露』）

8・9・10の「たがひに」は、「思ふ」「思ほへ（ず）」「（いかにぞや）思ひ（給ふ）」を修飾し

ており、「双方ともに」の意に採った方がよいと考える。8の例の『しのびね』には「かたみに」の例は無く、9・10の『しら露』には「かたみに」の例があるが、後述するように用法に特徴がある。

また、『木幡の時雨』の例は、

11年月の御物思ひのほども、たがひもしるく、青み痩せ衰へ給ふさまいとわりなしと見給ふ。

の如く「たがひ」とあるもので、テキストの訳は「たがいに（見て取られ）」とするが、「違いも（あらわで）」とも解し得るかと思われ、存疑である。

（2）「かたみに」

「かたみに」は、『松浦宮物語』『山路の露』『雫ににごる』『風につれなき』『海人の刈藻』『しら露』に用いられている。

1・2ただ涙ばかりぞかたみにせきあへぬ。千夜を一夜にだにせむすべなき心地に、鳥のこゑもきこゆれど、かたみにうごくけしきもなし。（『松浦宮物語』）

3いふかひなくをしきわかれに、思ひまどへるさまは、かたみにしのびがたけれど、あけゆくをばわりなくのみ、のがれかくれぬれば、なにのかひなし。（『松浦宮物語』）

4（謎の女）「（略）」と、ことわりばかりは、かたみにつつましかるべけれど、（『松浦宮物語』）
5宮のうへは、なをさまことなるむつびはかれも頼かはしたまへれども、とし月のそふまゝにかたみにおも〳〵しくなりまさりたまへれば、（『山路の露』）
6うちもまどろまずつきせぬものがたりに、ながきよの何ならず、明けぬれば、かへりなむことを形みにあかず思ひ給。（『山路の露』）
7（母君モ浮舟モ）かたみにしほたれたまへる袖のけしき、いとゐみじうはるぐとわけ給し道のほども、さながらうつゝともおぼえず、（『山路の露』）
8「今は」と思はん悲しさは疎かなるまじきを、かたみに、またなき御思ひどもなれば、ものもおぼえ給はず。（『雫ににごる』）
9女院も、内侍督のことゆゑにこそ、かたみに、御心置かれ給ひしか。（『雫ににごる』）
10今は一つにおはして、常に渡り見奉り給へば、かたみに嬉しく思さる。（『風につれなき』）
「かたみに」は、「相互に」「それぞれに」のような意であることが、以上の例から分かるであろう。「かたみに」が修飾する後続句は、1「せきあへぬ」・2「うごくけしきもなし」・3「しのびがたけれ（ど）」・4「つつましかる（べけれど）」5「おも〳〵しくなりまさり（たまへれば）」・6「あかず思ひ（給）」・7「しほたれ（たまへる）」・8「またなき御思ひども（なれば）」・

9「御心置かれ（給ひしか）」・10「嬉しく思さる」のように、状態的な表現であり、「たがひに」の後続句のように動作が交互に交錯して行われる表現とは相違している。

しかし、次の5例は右とは異なっている。

11少将は、さまざまわすれぬおもかげそひて、うちなみだぐむ気色を、しらぬ国の人もあはれとみて、たびねも露けかるまじう思ひおきつつ、こまかに心しらへば、宰相もかたみにふみをつくりかはして、興ありとおもへれば、（『松浦宮物語』）

12（新中納言）「（略）」とのたまへば、殿、「（略）」とて、かたみにうち笑ひて、御物語何よと聞こえかはして、（『海人の刈藻』）

13宮は、（略）久しく会ひ給はざりしほどの御物語、尽きすべくもあらず、かたみに言ひかはし給ふ。（『しら露』）

14「（略）」「（略）」とかたみに言ひかはすほどに、『しら露』）

15（乳母）「今よりして、いよいよ御あたり近くさぶらひ慣れ、御けしきもたまはりぬべき者に侍れば、かたみに隔てなく申し通はさん」（『しら露』）

この5例に共通するのは「かたみに」に修飾される動詞が「――かはす」「――通はす」の形を採り、それにより、「つくる」「聞こゆ」「言ふ」「「申す」の動作が交互に交錯してなされることを表すという用法である。

すなわち、中世王朝物語に用いられた「たがひに」と「かたみに」の基本的な相違は、次のように図式化できるであろう（A・Bは動作の主体を表す）。

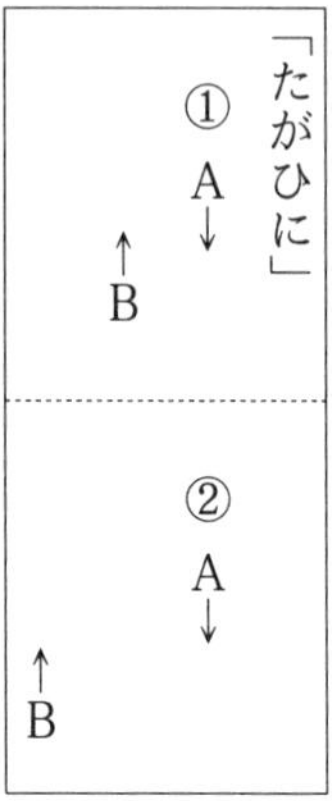

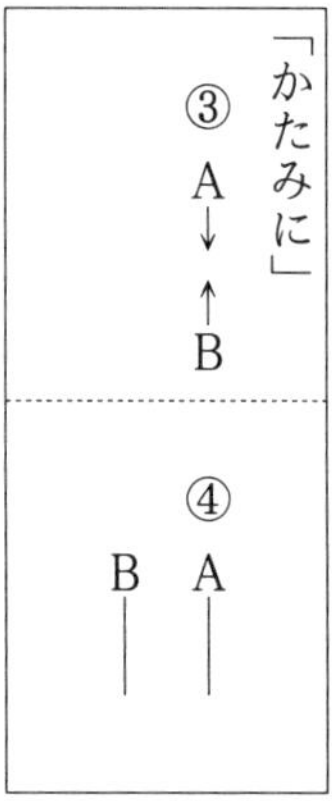

「たがひに」①ABの同じ動作が、僅かな時をおいて交互に行われることを表す（「交互ニ」の意）。

②Aの動作の終了後にBの同じ動作が行われることを表す（「カワルガワル」の意）。

「かたみに」③ABの同じ動作・状態が同時に相手に対して行われることを表す。（「相互ニ」の意）。

④ABの同じ動作・状態がそれぞれに行われることを表す（「ソレゾレニ」の意）。

このように考えると、前掲の「たがひに」の6・7の例は、①と③の相違が微妙なものであるために、③の状態を「たがひに」で表現してしまったものである、と言えよう。

また、「かたみに」の11〜15の例は上記のような「――かはす」「――通はす」形の動詞を修飾しているので、①の動作を表すことになったものである。

(3) 平安和文の「たがひに」「かたみに」と中世説話文学の用例について

漢文訓読語とされる「たがひに」は、漢文訓読によって齎されたものではなく、当時の日常的用語の「たがひに」が漢文訓読の際には選ばれたのに対し、和文語には、登場人物の具体動作をあたかも眼に浮かぶように表現し得た「かはるがはる」「かはりがはり」が用いられ、ために「たがひに」を用いることが稀になったものと考えられる。(注6)

但し、「かはる(り)がはる(り)」は前述の「たがひに」の②の意味に限定されるため、③④の意味を表す「かたみに」が多用されることとなったものである。

平安末期成立とされる『今鏡』には、「たがひに」「かたみに」が次のように使い分けられている。

(1)はじめは、人の扇に、一文字を男の書き給へりけるを、女の書き添へさせ給へりければ、男又見て、一文字添へ給に、たがひに添へ給ける程に、歌一つに書きはて給にけるより、心通ひ給ひて、夢かうつゝかなる事ゞも出で来て、（ふぢなみの上 第四）

(2)（大将殿〈有仁〉ハ）又兵部督や、少将たちなど参り給へば、かたみに女の事などいひあはせつゝ、雨夜のしづかなるにも、語らひ給折もあるべし。（みこたち 第八）

(1)「たがひに」は「かはるがはる」と同義（②の意）であるが、(2)「かたみに」は後続の「いひあはす」（「いひかはす」ではない）を修飾しており、④のものと解釈される。

「たがひに」「かたみに」の意味の相違は、中世のいわゆる和漢混淆文の用例にもある程度認められるが、次の二作品（説話）の場合などは、逆の意味にもなっているようである。

『宇治拾遺物語』の例

(1)この男女、たがひに七八十に成まで栄えて、男子、女子生みなどして、死の別れにぞ別れにける。（一〇八 越前敦賀の女、観音たすけ給ふ事）

(2)（人々）「大宮大炊の御門辺に、大なる男三人、いくほどもへだてず、きりふせたる、あさましく使ひたる太刀かな。かたみにきり合て死たるかと見れば、おなじ太刀のつかひざま也。敵のしたりけるにや。（略）」（一三二 則光盗人をきる事）

(1)が「かたみに」、(2)が「たがひに」とありたいところである。

但し、次のものは平安和文の用い方である。

(3)さて、商人ども、皆々とりぐ〳〵に妻にして住む。かたみに思ひあふこと、かぎりなし。片時もはなるべき心ちせずして住む間、（九一　僧伽多羅刹国事）

『十訓抄』の例

(1)白壁皇子、（略）カスノ外ニテ位ニ付タモウヘクモナカリケルニ、百河ノ宰相タカヒニ志深ク御座シケレハ、此事ヲ歎テ、（上）

(2)鳥羽院御時、雨イトフリケル夜、若殿上人アマタ集テ、古キタメシノシナサタメモヤアリケン。「誰カユフニ文カク女シリタリ」ト云諍ヒ出テ、「今夜事キラム。文ヤリテ返事カタミニ見テ、ヲトリマサリ定メン」ナト云ホトニ、（下）

(1)が「かたみに」、(2)が「たがひに」とありたいところである。

「たがひに」「かたみに」は、平安時代において微妙な意味の相違を表し、特に物語用語としての和文語では、「かはる（り）がはる（り）」と「かたみに」が選ばれたが、やがて意味の違いが分からなくなり、「かたみに」は第二章の「みそかに」とおなじように消滅していくのであるが、中世王朝物語の「たがひに」「かたみに」は、平安和文における相違を不完全ながら伝えていると見てよかろう。

中世王朝物語以外の本章での引用文テキスト

『古今和歌集　仮名序』『大和物語』『源氏物語』『狭衣物語』『宇治拾遺物語』……「日本古典文学大系」。『宇津保物語』……「宇津保物語本文と索引　本文編」。『枕草子』……「新編日本古典文学全集」。『今鏡』……「今鏡本文及び総索引」。『十訓抄』……「十訓抄本文と索引」

（注1）「平安時代和文語と中世王朝物語用語の一側面（一）」（「日本文学研究」第三四号〈一九九九年〉）。本文中で旧稿と呼ぶ。

（注2）山内洋一郎「『山路の露』の語彙―擬古文の語彙の特色を考える―」（『山路の露本文と総索引』所収）

（注3）この例については本文に異同があり、諸説のあるところ（萩谷朴『枕草子解環』第四巻四一四〜四一五頁に詳しい）だが、引用文のテキストに用いたものの頭注に従う。「恐る」の動作主体は「この国の帝」であることは、「唐土の帝」には尊敬語を付けないことから明らかである。

（注4）この例については、築島裕『平安時代の漢文訓読語につきての研究』の八〇四頁（源氏物語と漢文訓読」）に言及があり、「史記・前漢書・文選の「白虹貫日、太子畏之」に拠ったとされる。」とある

が、「おづ」についてはコメントは無い。

（注5）田中牧郎「「おそる」と「おづ」―平安・鎌倉時代を中心に―」（「国語学研究」30〈一九九〇年〉）は、この二語について副題に示された時代の資料の用例を精査された労作であるが、氏が「おそる」を「文章語」と認められたのには、筆者は従い難い。私見によれば、二語とも「日常的用語」であって、和文と訓点資料における出現数の相違は、専ら和文（物語）における意図的な用語選択のしからしめるところなのである。同論文の一節に、漢文訓読文では二語が共存していることを指摘した箇所で次のように述べられているのに、筆者は注目したい。

「おそる」を特に多用するのは、経義を解説した抽象的な叙述が多い賛・疏の類、「おづ」をも多用するのは、物語性が高く具体的な事件などの叙述も多い伝・紀・記の類、両者の中間に位置するのが、経義を解きながら物語性も帯びる経の類、という対応が見出せるのである。

（注6）宮垣明代「漢文訓読資料・和文資料における「情態副詞」についての一考察―「タガヒニ」「かたみに」を中心として―」（「山口国文」13〈一九九〇年〉）

小著の各章と既発表論文

序　新規執筆

第一部第一章　『竹取物語』の用語と表現―「敬語」「和文語」「漢文訓読語」をめぐって―」（『筑紫語学論叢』所収）〈二〇〇一年〉と「『竹取物語』の表現手法―動画的表現と静止画的表現をめぐって―」（梅光学院大学「日本文学研究」第四一号）〈二〇〇六年〉を合わせて改稿。

第二章　『うつほ物語』の表現手法―「藤原の君」巻の動画的表現と静止画的表現をめぐって―」（山口大学「山口国文」第二九号）〈二〇〇六年〉を一部修正。

第三章　新規執筆

第四章　新規執筆

第二部第一章　「「ずして」の意味―主として平安和文の用例を通しての分析―」（梅光学院大学「日本文学研究」第三七号）〈二〇〇二年〉

第二章　「「みそかに」は、何故消滅したか」（梅光学院大学「日本文学研究」第四〇号）〈二〇〇五年〉

第三章　「平安和文の「いはむや」の用法―会話文中の用例を中心に―」（梅光学院大学「日本文学研究」第四二号）〈二〇〇七年〉

第四章　「「おそる」と「おづ」、「たがひに」と「かたみに」の意味―中世王朝物語用語の用例から平安時代和文語の一側面を見る―」（梅光学院大学「日本文学研究」第三六号）〈二〇〇一年〉

あとがき

前著『平安時代和文語の研究』を出版してから、早くも十六年になってしまった。その前の拙著『国語複合動詞の研究』は、その十六年前の出版であり、その年は私が前任校の山口大学に就職して十六年目であるので、なぜかこの十六という数に妙にこだわってしまう。

その妙なこだわりが、この度の奇妙な書名とも見られそうな小著を何としても今年に出版したいという気持ちを駆り立てた。

幸い、この度も笠間書院の池田つや子社長・橋本孝編集長のご厚意とお力添えにより、この我が儘が実現することになり、深謝の念が、最初の拙著でお世話になった三十二年前の故池田猛雄前社長の温和な風貌とともに沸々と沸き上がってくる。

三十二年前は、昭和四十年代後半の大学紛争の猛火も沈静化してはいたが、その灰燼とも譬えられそうな思いが私の心の片隅でくすぶっていた。そのくすぶりを『国語複合動詞の研究』の出版で、自分なりに鎮めることが出来、次のステップへ進めたのも、池田猛雄氏の芳情があってのことである。それにしても、あまりにも遅鈍な歩みではないか。あまりにも稚拙な内容のものではないのか。忸怩たる思いを払拭できぬまま、読者の皆様にご批判を仰ぐことのお許しを乞う次第である。

二〇〇九年三月三日

関　一　雄

●著者紹介

関　一雄（せき　かずお）

略歴

1934年５月８日　東京に生まれる。

1961年　東京教育大学（現　筑波大学）大学院博士課程中途退学

1961年　山口大学助手、助教授、教授を経て1998年定年退職

1998年　梅光女学院大学（現　梅光学院大学）教授

2008年　梅光学院大学特任教授　現在に至る。

著書

国語複合動詞の研究（笠間書院　1977年）〈佐伯国語学賞受賞〉

平安時代和文語の研究（笠間書院　1993年）

平安物語の動画的表現と役柄語

平成21(2009)年４月30日　初版第１刷発行©

著者　関　一雄

装幀　笠間書院装幀室

発行者　池田つや子

発行所　有限会社笠間書院

東京都千代田区猿楽町2-2-3［〒101-0064］

電話 03-3295-1331　fax 03-3294-0996

NDC 分類：815

振替00110-1-56002

ISBN978-4-305-70479-5

落丁・乱丁本はお取りかえいたします。

出版目録は上記住所までご請求下さい。

http://www.kasamashoin.jp

モリモト印刷・製本

（本文用紙：中性紙使用）